Die Eßlinger Zeitung:

„Eine lehrreiche Geschichte, die zeigt, daß nicht alles zu erreichen ist mit Lidschatten und Wimperntusche und daß es viel wichtiger ist, eine gute Kameradin zu sein – auch den Jungen gegenüber."

Von Marie Louise Fischer gibt es 22 Schneider-Bücher mit einer Gesamtauflage von 2 Millionen.

„Was?" Silvy fuhr so heftig hoch, daß sie der Freundin beinahe mit dem Kopf einen Kinnhaken versetzt hätte. „Was sagst du da?"
Olga zögerte noch, dann beugte sie sich vor und flüsterte Silvy ins Ohr: „Sie haben die Aufgaben, die Künzel bei der nächsten Mathe-Arbeit stellen wird."

Die Mädchen
von der Parkschule
Band III

MARIE LOUISE FISCHER

Silvy

will die Erste sein

Schneider-Buch

Die Reihe „Die Mädchen von der Parkschule" umfaßt die Bände:

Katrin mit der großen Klappe Band I

Nur Mut, liebe Ruth Band II

Silvy will die Erste sein Band III

Deckelbild und Illustration: Nikolaus Moras. Bildredaktion: Brita Oehmichen. Textredaktion: Ilse May. Herstellung: F. Wolf. Korrektur: Gudrun Ohmert. Schrift: 10/11 Punkt Aldus-Buchschrift. Druck: Presse-Druck, Augsburg. Bestell-Nummer: 4697.
ISBN 3 505 04697 3

INHALT

Die geplatzte Party

Nach einem strengen Winter mit Eis und Schnee war der Frühling vom Süden her in die Stadt gestürmt. Ein warmer Wind hatte an Fenstern und Türen gerüttelt und den letzten grauen Schneematsch weggetaut. Er hatte die Wolken vom Himmel vertrieben, der sich jetzt wie eine blanke blaue Kuppel über den Dächern wölbte. Die Zugvögel waren heimgekehrt und zwitscherten in den Buchenbäumen hinter der Parkschule, und auf der Wiese, die allmählich wieder grün zu werden begann, waren die Krokusse, bunt wie Ostereier, durchgebrochen.

Der Holzstapel, auf dem die Freundinnen aus der sechsten Klasse früher so gerne gesessen hatten, war längst abgetragen und verheizt. Aber das war nicht schlimm, denn stattdessen waren viele nagelneue, knallgrün glänzende Bänke auf dem ganzen Gelände verteilt worden, auf denen man die Beine von sich strecken und sich die heiße Frühlingssonne auf die Nase brennen lassen konnte. Nur die rothaarige Olga Helwig tat das nicht, denn sie fürchtete die Sommersprossen, die sich allzu rasch auf ihrer zarten weißen Haut anzusiedeln pflegten; sie lehnte, etwas im Hintergrund, an einem Baumstamm.

Aber die kleine Ruth, die ihr schönes blondes Haar jetzt in einer schicken glatten Innenrolle trug, die spitznasige Silvy, Katrin mit der schwarzen Mähne (und endlich statt der Skihose wieder in ihren geliebten Blue jeans) und die braunäugige, braunhaarige Leonore Müller mit dem lustigen Grübchen im Kinn hockten nebeneinander wie die Spatzen auf einer Stange, und wie die Spatzen schnatterten sie auch miteinander, während sie Körner pickten oder, richtiger gesagt, in ihre Schulbrote bissen.

Heute war ein großer Tag, ein lang und heiß ersehnter Tag: Leonore wurde zwölf Jahre alt.

Das allein wäre natürlich noch kein Grund zu so viel Aufregung gewesen, aber es hatte mit diesem Geburtstag noch eine besondere Bewandtnis. Leonore hatte ihren Eltern die Erlaubnis abgebettelt, eine kleine Party geben zu dürfen, keine gewöhnliche Geburtstagsfeier mit Verlosung und Blindekuh, sondern eine richtige Party mit Jungen, bei der auch getanzt werden sollte.

Das war für die Freundinnen eine Sensation. Zwar waren die Jungen, die ihr Erscheinen zugesagt hatten, nicht gerade Traumboys, denn woher hätte Leonore die nehmen sollen? Sie hatte einfach die Jungen eingeladen, die sie kannte, und das waren erst einmal ihre beiden Zwillingsbrüder Peter und Paul, beide vierzehn Jahre alt, und dann noch Olgas Brüder Hartmut und Ulrich, fünfzehn und sechzehn Jahre, die versprochen hatten, einen Schulfreund namens Gerd mitzubringen. So war für jede der Freundinnen ein Tänzer gesichert, und das war schon viel wert.

„Gestern abend habe ich schon mit Mutti italienischen Salat und Kanapees gemacht . . .", sprudelte Leonore aufgeregt.

Silvy fiel ihr ins Wort.

„Ich höre immer Sofa! Wieso hast du für die Party Sofas zurechtgezimmert?"

Katrin lachte so, daß sie fast von der Bank fiel. „Na so was! Weißt du etwa nicht, was Kanapees sind?"

„Sofas!" beharrte Silvy.

Die anderen gaben durch beredtes Schweigen zu verstehen, daß sie es auch nicht besser wußten.

„Kanapees, das sind so eine Art belegte Brote . . .", versuchte Leonore zu erklären.

„Warum nennst du sie dann nicht so?" fragte Silvy giftig.

„Weil es eben keine belegten Brote sind, sondern Kanapees, nicht wahr, Leonore?" rief Katrin.

„Und wo ist da der Unterschied?" ließ sich nun Olga aus dem Hintergrund vernehmen.

„Belegte Brote, das sind kräftige Dinger, Stullen, in die man hineinbeißen kann", sagte Katrin, „aber Kanapees, das sind mehr so kleine Appetithappen, die man mit einem Biß vertilgt."

„Ja, das stimmt", bestätigte Leonore.

„Gratuliere, Katrin", sagte Silvy, „so weise wie du wäre ich auch, wenn meine Großmutter Köchin wäre."

„Aber Silvy, das gehört doch nicht hierher!" mahnte Leonore leise.

Doch Katrin ließ sich nicht so leicht beleidigen. „Und wenn du platzt!" rief sie. „Ja, ich weiß das von meiner Großmutter! Als wir noch bei Weikerts wohnten, hat sie soundso oft Kanapees bereitet, wenn Gäste kamen, und damit du es nur weißt: ich halte es nicht für eine Schande, wenn man für fremde Leute kocht. Das ist genauso eine Art, Geld zu verdienen, wie anderen Leuten Versicherungen anzudrehen . . ."

Jetzt ging Silvy, deren Vater Versicherungskaufmann war, in die Luft. „Aber erlaube mal, das ist doch ein gewaltiger Unterschied!"

„Wenn ihr euch auch heute nachmittag in Gegenwart der Jungen so zankt", sagte Ruth, „werden die ja einen fabelhaften Eindruck von euch kriegen."

„Finde ich auch", sagte Olga, „meine Brüder sind sowieso von der Einladung nicht gerade begeistert. Sie haben gesagt, wir wären dumme Gänse und sie kämen nur aus Gnade und Barmherzigkeit."

„Sie werden sich wundern, wie schick meine Party wird!" rief Leonore. „Ich habe mir die tollsten Schallplatten zusammengeborgt, und heute früh habe ich mit Peter und Paul zusammen die Terrasse geschmückt . . . mit Girlanden, Luftschlangen und Lampions, das sieht ganz süß aus, sage ich euch! Geradezu romantisch!"

„Ach, du dicke Neune!" sagte Katrin. „Das klingt ganz so, als ob ich ein Kleid anziehen müßte."

„Natürlich muß du!" rief Ruth. „Willst du etwa in Hosen tanzen?!"

„Aber ich kann überhaupt noch nicht tanzen", gestand Katrin.

„Sieh mal an", sagte Silvy, „es gibt also doch etwas, was du nicht in deinem hochherrschaftlichen Hause gelernt hast!"

„Sogar eine ganze Menge", gab Katrin unumwunden zu, „aber jetzt sei mal ehrlich, Silvy, kannst du denn etwa?"

Olga enthob Silvy der Antwort. „Das kann doch jeder", behauptete sie, „vielleicht nicht gerade die schwierigen Tänze, Walzer oder Tango, aber solche Platten wird Leonore ja hoffentlich nicht auflegen . . ."

„Bestimmt nicht! Bloß Soul und Beat!" bestätigte Leonore.

„Na also", rief Ruth, „danach braucht man doch bloß herumzuhopsen . . ."

„Sich im entsprechenden Rhythmus zu bewegen", verbesserte Olga.

Katrin sprang auf und verrenkte wie ein Clown ihre Glieder. „Hopsen kann ich!" rief sie übermütig. „Aber wie das mit dem Rhythmus ist . . ."

„Um Himmels willen, benimm dich nicht wie eine Verrückte", tadelte Silvy sie, „du wirst uns noch in Grund und Boden vor den Jungen blamieren!"

„Ihr und eure Jungen", sagte Katrin verächtlich und warf ihre schwarze Mähne in den Nacken, „daß ihr euch bloß nicht ankleckert! Glaubt ihr etwa, ich breche mir wegen dieser blöden Knaben 'ne Verzierung ab? So gut wie die sind wir doch noch lange. Warum wollt ihr bloß vor denen so eine Schau abziehen?"

„Wenn es dir nicht paßt, kannst du ja wegbleiben", sagte Silvy frech.

„Also hör mal!" rief Leonore empört. „Immerhin bin es ja noch ich, die die Party startet!"

„Ich fürchte", erklärte Olga mit Grabesstimme, „sie wird sowieso ins Wasser fallen."

„Was?" riefen Leonore, Ruth und Silvy wie aus einem Munde und: „Was unkst du da?" rief Katrin.

„Wer Augen hat, der sehe", sagte Olga und wies mit dem Zeigefinger in die Ferne.

Die Mädchen folgten ihrem Hinweis und entdeckten über dem Wald eine kleine weiße Wolke.

Leonore lachte ganz erleichtert auf. „Ein Wölkchen, na wenn schon. Und deswegen machst du so ein Theater?"

„Es ist eine Regenwolke", beharrte Olga.

„Das ist ausgeschlossen", sagte Leonore energisch, „an meinem Geburtstag hat es noch nie geregnet. Ich bin schließlich ein Sonntagskind." Aber Leonore mußte erfahren, daß auch Sonntagskinder nicht gegen Wetterumstürze gefeit sind.

Als die Mädchen aus der Schule kamen, war aus dem kleinen weißen Wölkchen eine riesige graue Wolkenwand geworden, die sich immer höher und höher hinaufschob und schon den halben Himmel bedeckt hatte.

Zu Hause, auf der liebevoll geschmückten Gartenterrasse, wehten die Luftschlangen und Girlanden und Lampions ganz matt und elend in dem feuchten Wind.

„Das beste wird sein, wir montieren alles wieder ab", sagte Frau Müller mit einem Blick zu dem griesgrauen Himmel hinauf.

„Nur das nicht!" rief Leonore entsetzt. „Das Wetter wird sich schon noch halten, es muß sich einfach halten!"

Doch das Wetter tat ihr nicht den Gefallen. Sie saß mit ihrer Mutter und den Geschwistern beim Mittagstisch — ihr Vater, Rechtsanwalt Müller, war wie so häufig in der Stadt aufgehalten worden —, als die ersten schweren Tropfen gegen die Fensterscheiben knallten.

Leonore sprang auf. „Das kann doch nicht wahr sein!"

„Ist es aber", sagte der dicke Paul gemütlich, „deine Party fällt ins Wasser."

„Es sei denn, du hättest irgendwo eine Arche geparkt", erklärte Peter, dünner und länger, aber genauso blond und strubbelig wie sein Zwillingsbruder, ungerührt.

„Ihr seid gemein!" rief Leonore, den Tränen nahe.

„Ja, nett kann ich euer Benehmen wirklich nicht finden", sprang ihr die Mutter bei, „statt eure Schwester zu verspotten, solltet ihr ihr lieber helfen. Lauft schnell hinaus auf die Terrasse und nehmt die Dekorationen ab!"

„Was? Bei dem Regen?" rief Peter.

„Ich habe ja noch nicht einmal fertig gegessen!" empörte sich Paul.

„Manchmal gibt es Dinge, die wichtiger sind als Essen und Trinken. Also, laßt euch nicht zweimal bitten." Frau Müller stand auf. „Ich werde euch helfen."

Der kleine Andy raste zur Glastüre. „Ich komme mit!" schrie er.

Ina, die jüngste der Geschwister, gerade eben drei Jahre alt, versuchte von ihrem Stuhl zu klettern. „Ich will auch helfen!" Ich will auch helfen!"

„Nein", entschied Frau Müller, „ihr beide könnt uns am besten dadurch helfen, daß ihr ganz brav eure Suppe aufeßt und uns nicht zwischen die Beine lauft." Als Andy trotzdem hinauszustürmen versuchte, fügte sie bedeutungsvoll hinzu: „Wer nicht gehorcht, kriegt nachher kein Eis mit Schokoladensoße."

Das wirkte. Andy setzte sich schleunigst wieder auf seinen Platz und begann eifrig zu löffeln. „Aber wenn ich fertig bin?" fragte er hoffnungsvoll.

„Bringst du Ina ins Bett und verkriechst dich selber in die Falle!"

Frau Müller kümmerte sich nicht länger um die beiden Kleinen, sondern eilte hinter Leonore und den beiden Jungen auf die Terrasse hinaus. Peter und Paul waren schon jeder auf einen Gartenstuhl geklettert, Leonore und Frau Müller folgten ihrem Beispiel, und in Windeseile nahmen sie die bunten Papierdekorationen ab, die sie heute früh mit so viel Liebe und Mühe drapiert hatten. Dabei schlugen ihnen dicke Regentropfen in das Gesicht, und der Wind zauste an ihren Haaren.

Paul hatte gerade den letzten Lampion abmontiert und ins Haus gebracht, als es erst richtig losging; wahre Fluten stürmten vom Himmel herab.

„Da haben wir gerade noch mal Glück gehabt", sagte Peter befriedigt, geradeso, als wäre das Retten der Dekoration seine Idee gewesen.

Traurig hingen die Dekorationen herab

2 – 4697 – 9

„Glück nennst du das?!" rief Leonore und starrte verzweifelt auf den Haufen bunten, feuchten Papiers, das jede Form verloren zu haben schien. „Alles ist kaputt! Was soll ich jetzt bloß tun? Meine Freundinnen werden wahnsinnig enttäuscht sein, wenn ich die Party abblasen muß."

„Mach dir nichts draus", sagte Paul kaltschnäuzig, „zur Not essen wir den Salat und die Brote auch alleine auf!"

„Die Limonade ist noch nicht angesetzt, und das Eis hält sich in der Gefriertruhe", fügte Peter hinzu.

„Stellt ihr euch so blöd oder könnt ihr wirklich nicht verstehen, was dieser Reinfall für mich bedeutet?" rief Leonore und konnte die Tränen nicht länger zurückhalten; sie schluchzte wild und verzweifelt auf.

„Heul nicht, Leonore", mahnte Frau Müller, „Wasser haben wir draußen gerade genug, und von Tränen ist noch nie etwas heil geworden. Noch ist ja gar nichts verloren. Weißt du was? Wir ziehen deine Party einfach drinnen auf."

„Aber mein Zimmer ist doch viel zu klein!"

„Wer spricht denn von deinem Kämmerchen? Wir räumen hier das Wohnzimmer aus. Jetzt eßt ganz fix auf, und dann machen wir uns ans Werk. Ich schau nur schnell nach, ob Andy und Ina wirklich in den Federn liegen."

Leonore lief Frau Müller nach und hängte sich an ihren Hals. „Mutti, Mutti, du bist doch die allerbeste und allerklügste Mutter auf der ganzen Welt!"

Frau Müller strich ihr durch die braunen Locken. „Ich will doch nicht, daß du an deinem Geburtstag weinen mußt!"

Paul beklagte sich, daß die Suppe kalt geworden war, und Peter jammerte, daß er Möbel schleppen mußte, aber Leonore, weit entfernt sich zu ärgern, hörte gar nicht mehr hin; sie war überglücklich, daß ihre Party nun doch steigen sollte. Als alle gegessen hatten, räumten sie eilig ab und stapelten Teller, Besteck und Terrine in der Küche in die Spüle.

Unter Frau Müllers Leitung trugen sie dann gemeinsam mit ihren Brüdern den Eßtisch und die Stühle in das Arbeitszimmer des Vaters hinüber und rollten den Teppich auf, um Platz zum Tanzen zu schaffen. Um den Rauchtisch stapelten sie noch ein paar dicke Polster, so daß zehn Personen dort Platz fanden. Sie bauten den Plattenspieler auf und schoben einen Teewagen für das kalte Büfett heran. Es war erstaunlich, wie rasch sich das langweilige Eßzimmer in einen Partyraum verwandelte.

„Na, siehst du", sagte Frau Müller, die sich über Leonores strahlendes Gesicht freute, „jetzt brauchen wir nur noch neu zu dekorieren . . ."

„Aber ohne uns", protestierte Peter, „wir haben heute nachmittag Turnstunde!"

„Du sagst es!" rief Paul. „Das hätte ich doch beinahe total vergessen!"

„Könnt ihr die denn nicht sausen lassen? Bei dem Regen?" bettelte Leonore.

Die Brüder sahen sich zögernd an.

„Nein", entschied Frau Müller, „Schule geht vor. Saust los, ihr beiden! Wir werden hier schon allein fertig. Aber seht zu, daß ihr rechtzeitig wieder zurück seid!"

„Aber klar", versprach Paul.

Frau Müller und Leonore hörten die beiden noch in der Garderobe rumoren und dann das Zufallen der Haustüre; sie waren allein mit der restlichen Arbeit zurückgeblieben.

Leonore zog eine der feuchten Girlanden aus dem bunten Haufen und betrachtete sie skeptisch.

„Paß nur auf, wenn sie hängt, sieht sie bestimmt wieder ganz manierlich aus", tröstete die Mutter sie, „hol schnell die Leiter!"

„Ob wir das überhaupt noch schaffen?" fragte Leonore. „Um vier kommen die Gäste!"

„Bis dahin ist noch reichlich Zeit", meinte Frau Müller.

Leonore schleppte die Stehleiter herbei und klappte die Holme auseinander. „So ein wackeliges Ding", sagte sie, „sieh bloß mal, Mutti, die Schraube, die das Gelenk hält, sitzt ganz locker."

„Ja, die hätte ich schon längst richten lassen müssen", gab Frau Müller zu, „aber du weißt ja, wie so etwas ist. Man nimmt es sich immer wieder vor und verschiebt es dann doch."

„Das ist ja nicht so schlimm. Du mußt sie nur gut festhalten, während ich hinaufklettere."

Leonore stieg, das Ende einer Girlande in der Hand, die Leiter hinauf, die Frau Müller festhielt. Sie beugte sich zur Seite, um das bunte Gewinde zu befestigen. Die Leiter schwankte.

„Halt!" rief Frau Müller. „Komm runter, Liebling, so geht das nicht. Du kannst anscheinend keine Balance halten. Laß mich hinaufsteigen."

Als Leonore wieder festen Boden unter den Füßen hatte, schob Frau Müller die Leiter so zurecht, daß sie genau unter dem Bilderhaken stand, an dem die Girlande befestigt werden sollte; erst dann kletterte sie hinauf. Diesmal gab es keine Schwierigkeiten. Auf die gleiche Weise fuhren Mutter und Tochter fort, das ganze Zimmer zu dekorieren.

Aber nach einiger Zeit wurde Leonore zappelig. „Es ist gleich vier, Mutti, ich muß mich noch umziehen."

„Gut, hören wir auf. Jetzt sieht es ja schon wirklich hübsch aus."

„Wieviel haben wir denn noch? Ach, die zwei Lampions können wir auch noch anbringen."

Frau Müller sah Leonore kopfschüttelnd an. „Mir scheint, du weißt wirklich nicht, was du willst."

Leonore lachte. „Ja, ich bin tatsächlich ganz durcheinander. Aber findest du nicht auch, wir sollten die beiden noch aufhängen? Dann brauche ich nur noch zusammenzukehren, und falls ich noch nicht fertig bin, wenn die ersten Gäste kommen, kannst du sie ja unterhalten."

„Donnerwetter, das ist aber eine Ehre!" sagte Frau Müller.

Sie entschieden sich dafür, die letzten Lampions an der Deckenlampe zu befestigen, und schoben die Leiter in die Mitte des Raumes. Frau Müller hatte gerade den einen angebunden, und Leonore reichte ihr den zweiten, als es klingelte, dreimal kurz und heftig hintereinander.

„Oje, da sind sie schon!“ rief Leonore erschrocken und ließ die Leiter los.

Frau Müller nahm ihr den Lampion ab. „Zum Glück sind wir gerade fertig.“

„Ich mache schnell auf!“ Leonore rannte aus dem Zimmer.

Sie öffnete die Haustür und sah sich ihren vier Freundinnen gegenüber.

Katrin grinste von einem Ohr zum anderen. „Wir sind ein bißchen früher gekommen, weil wir dachten, daß wir vielleicht helfen könnten.“

„Falls die Party überhaupt noch stattfindet“, fügte Silvy hinzu.

„Nett von euch, kommt rein!“ bat Leonore.

In diesem Augenblick ertönte ein Aufschrei und ein dumpfes Poltern.

Die Mädchen standen wie versteinert und sahen sich an.

„Was war das?“ fragte Olga.

„Meine Mutter!“

Plötzlich stieg Leonore eine Ahnung auf, was passiert sein konnte. Sie stürzte in das Wohnzimmer, und die Freundinnen, so wie sie waren, in Gummischuhen und Regenmänteln, stürmten hinter ihr her.

Die Leiter war umgefallen und auseinandergebrochen, und Frau Müller lag mitten auf dem Parkett. Ihr Gesicht war sehr weiß, und der rechte Unterschenkel winkelte sich so vom Knie, als gehörte er gar nicht zu ihr.

Leonore ließ sich neben ihr nieder. „Oh, Mutti, Mutti“, jammerte sie, „liebe Mutti! Bitte, bitte, mach die Augen auf! Bitte, bitte!“

„Red keinen Quatsch“, mahnte Katrin mit rauher Stimme. „Sieht doch ein Blinder, daß deine Mutter ohnmächtig geworden ist. Folglich kann sie dich nicht hören, und es hat gar keinen Zweck, ihr etwas vorzujammern. Ein Arzt muß her.“

„Was für einen Arzt habt ihr?" fragte Silvy. „Ich werde telefonieren."

Aber Leonore war in ihrer Verzweiflung gar nicht mehr ansprechbar; von ihr war keine Auskunft zu bekommen.

„Nebenan ist Doktor Müllers Arbeitszimmer", sagte Ruth vernünftig, „vielleicht finden wir die Adresse auf dem Schreibtisch. Oder wir müssen uns einen Arzt aus dem Telefonbuch suchen."

Silvy, Ruth und Katrin liefen in das Arbeitszimmer, während Olga bei Leonore blieb und versuchte, sie zu beruhigen.

Tatsächlich fanden die drei anderen neben dem Telefon einen Merkkasten, auf dessen oberstem Blatt alle wichtigen Nummern — Arzt, Überfall, Feuerwehr und so weiter — aufgeschrieben waren.

„Ich ruf gleich an!" rief Silvy eifrig.

„Doktor Theodor Horn, Geibelstraße fünfzehn", las Katrin, „das ist ja ganz in der Nähe. Ich laufe lieber hin."

„Ph!" machte Silvy. „Du kannst mir schon zutrauen, daß ich imstande bin zu telefonieren."

Aber Katrin war nicht in der Stimmung, sich jetzt auf ein Hick-Hack einzulassen. Sie rannte wortlos auf den Flur hinaus, und Ruth folgte ihr.

Erste Hilfe

Katrin und Ruth rasten durch den strömenden Regen. Beide trugen sie hohe Gummistiefel — die Beutel mit ihren guten Schuhen und ihre Geschenkpäckchen hatten sie bei Müllers liegenlassen —, Katrin war in einen Kapuzenmantel verpackt, und Ruth hielt ein Schirmchen, das mit durchscheinendem rosa Plastik bezogen war, über dem Kopf.

„Wäre es nicht doch vernünftiger gewesen, wir hätten Silvy einfach telefonieren lassen?" keuchte sie.

„Ich ruf gleich an", rief Silvy

„Nein", gab Katrin zurück, „oder glaubst du etwa, ich brause zum Spaß durch diese Sintflut? Denk doch mal nach! Jeder praktische Arzt macht nachmittags seine Krankenbesuche. Da müßte Silvy schon viel Glück haben, wenn sie ihn telefonisch erreichen würde."

„Und wir? Werden wir ihn denn erwischen?"

„Klar. Wir laufen einfach so lange herum, bis wir ihn gefunden haben."

Bis zur Geibelstraße 15 war es nicht weit. Doktor Horn wohnte in einem hübschen Einfamilienhaus, das große Ähnlichkeit mit dem Müllerschen hatte. Neben der Haustür war ein weißes Emailleschild angebracht, auf dem in dicken schwarzen Buchstaben stand: „Dr. med. Theodor Horn, prakt. Arzt, Sprechstunde montags bis samstags von 9 bis 12 Uhr".

„Da hast du es", sagte Katrin und drückte entschlossen auf die Klingel.

Sie mußten einige Zeit warten, dann öffnete sich ein Fenster im Erdgeschoß, ein blondes Fräulein in weißem Kittel mit einer dunklen Hornbrille auf der Nase ließ sich blicken und rief ihnen zu: „Der Herr Doktor ist nicht zu sprechen!"

„Das wissen wir!" rief Katrin prompt zurück und tippte auf das Schild, „wir sind ja nicht blind!"

Das blonde Fräulein zögerte noch einen Augenblick, dann sagte sie: „Moment, ich komme."

„Du warst aber ganz schön frech", flüsterte Ruth der Freundin zu.

„Tatsächlich?" fragte Katrin ganz erstaunt. „Ich habe bloß versucht, Eindruck zu machen."

Trotz der schwierigen Situation mußte Ruth kichern.

Das blonde Fräulein öffnete die Haustür und fragte, alles andere als freundlich: „Was wollt ihr also?"

„Wir wissen, daß der Herr Doktor unterwegs ist", sagte Katrin rasch, „aber wir müssen ihn unbedingt erreichen. Frau Müller, Leonores Mutter, die Frau von Rechtsanwalt Müller, ist von der Leiter gefallen ..."

„Also doch!" rief das Fräulein.

„Sie wissen es schon?"

„Ja, gerade eben hat mich ein Kind angerufen, aber, um ehrlich zu sein, ich habe es für einen dummen Witz gehalten."

Katrin zog die Augenbrauen hoch und setzte ein maßlos überlegenes Gesicht auf. „Typisch Silvy", erklärte sie, „besitzt keine Lebensart, das Mädchen."

„Wo können wir Doktor Horn finden?" fragte Ruth hastig. „Können Sie ihn nicht telefonisch erreichen? Frau Müller geht es nämlich wirklich sehr schlecht. Sie liegt auf dem Boden und tut keinen Mucks."

Das Fräulein schüttelte den Kopf. „Leider", sagte sie, „da kann ich gar nichts machen. Ja, wenn wir ein Walky-Talky hätten ..."

„Aber Sie wissen doch bestimmt, welche Krankenbesuche er sich vorgenommen hat", stieß Katrin nach, „und welche Richtung er gewöhnlich einschlägt und ..."

„Ja, das kann ich euch sagen!" Das Fräulein knabberte an seinem Zeigefingernagel und dachte angestrengt nach, dann murmelte es ein paar Namen vor sich hin, warf einen Blick auf die Armbanduhr und erklärte:

„Wenn ich mich nicht verrechnet habe, müßte er jetzt ungefähr auf der Mitte der Strecke sein ... etwa bei Rösner, Asternstraße siebenunddreißig ..."

„Danke!" rief Katrin. „Vielen Dank!"

„Aber garantieren", sagte das Fräulein, „kann ich euch natürlich gar nichts."

„Erwarten wir auch gar nicht", rief Katrin und riß Ruth an der Hand mit sich fort.

„Hätten wir uns nicht doch noch genauer erkundigen sollen?" fragte Ruth, als sie den Vorgarten durchquert und den Bürgersteig wieder erreicht hatten. „Ich meine, wen er vor und nach Rösners besucht?"

„Hätte ich bestimmt getan, wenn das nicht eine so langweilige Ziege gewesen wäre! Es muß jetzt schnell gehen. Wir haben schon furchtbar viel Zeit verloren."

„Vielleicht ruft Silvy die Polizei an und läßt sich einen Unfallwagen schicken!"

„Schon möglich, aber darauf können wir uns nicht verlassen. Wir haben versprochen, Doktor Horn heranzuschleifen, und das werden wir auch tun!"

Aber als die beiden die Asternstraße 37 erreichten, erlebten sie eine Enttäuschung. Vor dem Haus stand kein Auto, also konnte der Doktor auch nicht drinnen sein.

„Ach du dickes Hühnerauge!" rief Katrin. „So ein Pech."

„Vielleicht kommt er noch", sagte Silvy, „wir können ja mal bei Rösners fragen!"

„Ja, tu du das! Ich gucke inzwischen mal um die Ecke." Katrin stob davon.

„Ich hab ihn", rief Katrin

Ruth fühlte mit Schrecken, wie ein Anflug ihrer früheren Schüchternheit sie überfiel. Bei wildfremden Leuten zu klingeln und um eine Auskunft zu bitten, das war nicht gerade die Aufgabe, die sie sich selber ausgesucht hätte. Aber dann dachte sie an Leonores verunglückte Mutter und daran, daß jetzt möglicherweise alles auf sie ankam, und entschlossen marschierte sie auf die Haustür zu.

Sie hatte gerade geklingelt, als Katrin um die Ecke geschossen kam.

„Ich hab' ihn! Ich hab' ihn!" brüllte sie schon von weitem.

Die Haustür wurde geöffnet, und eine ältere Dame trat heraus.

„Guten Tag, entschuldigen Sie bitte", sagte Ruth mit einem artigen kleinen Knicks, „die Sache hat sich inzwischen erledigt!" Sie raste hinter Katrin her.

Die Dame sah ihr verdutzt nach. „Diese fürchterlichen Kinder", sagte sie mit einem tiefen Seufzer und zog die Tür wieder ins Schloß.

Ruth hatte Katrin inzwischen schon erreicht, die neben einem vom Regen blank gewaschenen Mercedes stand.

„Hier, siehst du!" rief sie und tippte gegen die vordere Scheibe. „Das Arztschild ... sogar mit Äskulap-Stab und Schlange!"

„Aber wenn das Auto nun gar nicht Doktor Horn gehört?"

„Du kannst einem schon auf die Nerven gehen, du, mit deinen ewigen Wenns und Abers! Es ist doch völlig schnuppe wie dieser Arzt heißt! Hauptsache ist doch, wir haben überhaupt einen erwischt, und ob er Frau Müller nun kennt oder nicht, wenn wir ihn um Hilfe bitten, muß er mit uns kommen."

Ruth war immer noch nicht ganz beruhigt, aber sie verkniff sich weitere Zweifel und Fragen, weil sie Katrin nicht gegen sich aufbringen wollte.

Aber dann, als der Arzt aus dem Haus kam, stellte es sich heraus, daß er tatsächlich Doktor Horn war, wenn er auch ganz anders aussah, als Katrin und Ruth ihn sich vorgestellt hatten. Er war kein freundlicher älterer Herr, sondern ein energischer junger Mann, und er stellte auch nicht viel Fragen, sondern ließ die beiden in den Wagen steigen und fuhr geradewegs zu Müllers zurück.

Die Mädchen dort wußten zu diesem Zeitpunkt natürlich noch nicht, daß Hilfe nahte, und sie waren entsprechend aufgeregt.

„Das einfachste wäre ja, ich würde die Funkstreife anrufen", sagte Silvy zum zigsten Mal.

Und: „Nein, laß das lieber! Wer weiß, ob Herrn Müller das recht ist, und Katrin ist ja schon auf dem Weg, einen Arzt zu holen", entgegnete Olga genauso oft.

„Ach, Katrin, die hat doch bloß eine große Klappe!" sagte Silvy wegwerfend.

„Du etwa nicht?" gab Olga zurück. „Nun weine doch nicht, Leonore, bestimmt ist alles halb so schlimm, wie es jetzt aussieht ..."

„Aber wir können Mutti doch nicht einfach so liegen lassen! Helft mir doch wenigstens, sie auf die Couch zu legen!" sagte Leonore verzweifelt.

„Ausgeschlossen!" erklärte Silvy. „Am Tatort darf nichts verändert werden, ehe ..."

„Jetzt mach aber mal einen Punkt!" fuhr Olga sie an. „Bei dir piept es ja gewaltig. Schließlich handelt es sich hier nicht um ein Verbrechen ..."

„Woher willst du das wissen? Warst du etwa Zeuge? Als wir das Haus betraten, hörten wir einen Schrei und einen Plumps. Frau Müller war allein im Zimmer, die Terrassentür stand offen, es ist also theoretisch sehr gut möglich, daß sich ein Verbrecher hereingeschlichen und die Leiter umgestürzt hat!" erklärte Silvy, ganz beglückt über ihren eigenen detektivischen Scharfsinn.

„Junge, Junge, du hast dir entschieden zu viele Krimis angesehen!" sagte Olga.

„Es war bestimmt ein Unfall ..." schluchzte Leonore, die neben ihrer Mutter kniete, „die Leiter war doch kaputt und... ach, bitte, bitte, Olga, hilf mir doch, Mutti auf die Couch zu legen."

„Das wäre reiner Wahnsinn", widersprach Olga, „nicht etwa, weil ich so durchgedreht wie Silvy bin und an ein Verbrechen glaube ..."

„Warum denn dann?" rief Silvy.

„Weil wir nicht wissen, was Leonores Mutter fehlt. Sie kann innere Verletzungen haben ... ich bitte dich, Leonore, nimm dich zusammen, das muß ja nicht sein, aber man muß in solchen Fällen jede Möglichkeit berücksichtigen. Wir dürfen deine Mutter nicht bewegen, bevor wir genau wissen, was ihr fehlt ..."

„Du kannst uns was erzählen!" rief Silvy. „Soll ich dir mal was sagen? Du willst dich bloß wichtig machen, sonst gar nichts ..."

„Und du schließt wieder mal von dir auf andere, Silvy! Aber du irrst dich, ich weiß nämlich Bescheid. Mein Bruder Hartmut hat einen Kursus in Erster Hilfe mitgemacht und lange Vorträge darüber gehalten."

Olga fuhr sich mit beiden Händen durch ihr kurzgeschnittenes rotes Haar. „Ach, wenn die Jungen doch schon da wären!" rief sie und konnte sich nicht erinnern, jemals zuvor eine solche Sehnsucht nach ihren Brüdern gehabt zu haben, denn sie fühlte, daß sie der Situation auf die Dauer nicht gewachsen war und selber nahe vor einem Tränenausbruch stand. Und Tränen waren bei ihr verpönt.

In diesem Augenblick öffnete Frau Müller die Augen, blinzelte und fragte: „Was ist los? Warum liege ich ..." Sie hob den Kopf, ließ ihn aber gleich darauf mit einem kleinen Schmerzensschrei wieder sinken.

Mit Mühe unterdrückte Leonore ihre Tränen. „Du bist von der Leiter gefallen, Mutti, erinnerst du dich nicht? Es hatte geklingelt und ..."

Frau Müller sah zu den festlich gekleideten Mädchen auf. „Mein Armes", sagte sie und tastete nach Leonores Hand, „jetzt habe ich dir deine Party verdorben."

„Aber Mutti, das ist doch jetzt ganz egal! Bitte, sag mir, hast du Schmerzen?"

„Wenn ich ruhig liege, nicht."

„Ich wollte schon die ganze Zeit die Funkstreife anrufen", sagte Silvy, „aber Olga und Leonore . . ."

Es klingelte an der Wohnungstür.

„Da sind die Jungen!" rief Olga und stürzte, ganz erleichtert, hinaus.

Aber es war Dr. Horn, gefolgt von Katrin und Ruth, der Einlaß begehrte. Der Arzt legte Mantel und Hut ab, während die beiden Mädchen ihm in ihrem Regenzeug in das Wohnzimmer vorausgingen.

„Sehr vernünftig, daß ihr die Patientin habt liegen lassen", sagte Dr. Horn, und er kniete sich neben Frau Müller.

Olga konnte es nicht unterlassen, Silvy hinter seinem Rücken die Zunge herauszustrecken.

„Haben Sie Schmerzen?" fragte der Arzt.

„Wenn ich den Kopf bewege", erklärte Frau Müller und zwang sich ein Lächeln ab.

„Wahrscheinlich eine Gehirnerschütterung." Er sah das abgewinkelte Bein und tastete es ab. „Und ein Bruch des Unterschenkels. Ich werde Ihnen jetzt eine Spritze geben . . ." Er öffnete seine Bereitschaftstasche.

„Warum?" fragte Frau Müller.

„Sie stehen jetzt noch unter dem Einfluß des Schocks, deshalb spüren Sie nichts. Ich gebe Ihnen deshalb ein Medikament, das gegen den Schock wirkt und gleichzeitig die später auftretenden Schmerzen eindämmt." Er wandte sich an die Mädchen. „Bitte, laßt mich jetzt mit der Patientin allein."

„Aber . . ." wollte Leonore protestieren.

„Hinaus mit euch!" sagte Frau Müller. „Hört ihr nicht, was der Herr Doktor gesagt hat."

Sie verzogen sich in die kleine Diele, wo Ruth und Katrin ihre Regenkleidung ablegten, und so konnten sie Olgas Brüder und ihren Freund Gerd abfangen. Hastig erzählten sie ihnen, einander unterbrechend und sich gegenseitig ins Wort fallend, was passiert war.

„Kurzum, die Party ist geplatzt", beendete Katrin den Bericht.

„Pech", sagte Hartmut ohne allzu großes Bedauern, „dann können wir wohl wieder schieben. Kommst du mit, Olga?"

„O ja!" rasch schlüpfte Olga in ihren Regenmantel und gab Leonore die Hand. „Gute Besserung für deine Mutter!" Und schon war sie hinter den Jungen her und zur Tür hinaus.

Die anderen blieben noch, bis der Krankenwagen vorfuhr und zwei Sanitäter Frau Müller, die bis zum Hals mit einem regendichten Tuch bedeckt war, vorsichtig hinaustrugen.

Leonore lief nebenher und hielt ihrer Mutter einen Regenschirm über den Kopf. „Darf ich mitfahren, Herr Doktor?" bettelte sie. „Bitte, bitte, ich muß doch unbedingt wissen . . ."

„Also gut", sagte Dr. Horn, „steig ein! Ich hole dich dann später in der Klinik ab. Aber du mußt dann auch aufhören zu weinen."

„Ganz bestimmt", versprach Leonore und kletterte zu ihrer Mutter in den rückwärtigen Teil des Krankenwagens.

Herr Doktor Horn hatte Mantel und Hut angezogen; jetzt verstaute er seine Bereitschaftstasche in seinem Auto, setzte sich an das Steuer, wendete und fuhr davon.

„Sieben kleine Negerlein", sang Katrin, „denen war es einerlei, was nun aus den anderen wurde, so sind wir nur noch drei!"

„Also, ich muß schon sagen", meinte Silvy, „daß das selbst in Anbetracht der Umstände eine sehr sonderbare Auffassung von Gastfreundschaft ist."

„Ich möchte bloß mal wissen, wie du dich benehmen würdest, wenn deiner Mutter so etwas passieren würde!" konterte Ruth.

„Bestimmt würde ich nicht ..."

„Zankt euch nicht, Freunde, haut euch lieber!" fiel Katrin ihr ins Wort. „Wir haben jetzt drei Möglichkeiten: entweder schauen wir nach, wo die berühmten Kanapees und der hochgelobte italienische Salat stecken ..."

„Ausgeschlossen!" sagte Silvy sofort.

Ausnahmsweise war auch Ruth dieser Meinung. „Das geht nicht, Katrin, das wäre gar zu unverschämt."

„Na schön. Ich habe zwar Hunger und könnte eine kleine Stärkung brauchen, aber, bitte, wie ihr wollt!"

„Und dein zweiter Vorschlag?"

„Wir könnten aufräumen!"

„Das hieße aber tatsächlich die Menschenliebe auf die Spitze treiben!" behauptete Silvy. „Müllers sind schließlich fünf. Die können ruhig sehen, wie sie mit der Arbeit fertig werden."

„Und außerdem ist die Leiter kaputt", sagte Ruth, „und ich möchte mir keinesfalls auch noch ein Bein brechen."

„Dann gondeln wir eben kurz entschlossen nach Hause."

„Das geht nicht", widersprach Ruth, „weil die beiden Kleinen im Haus sein müssen, die können wir doch nicht einfach allein lassen."

„Habe ich total vergessen", gestand Katrin.

„Und außerdem wissen Peter und Paul noch gar nicht Bescheid!" gab Silvy zu bedenken.

Sie standen immer noch in der Haustür, berieten sich und blickten in den Regen hinaus, als die beiden Jungen endlich aufkreuzten.

„Hallo", rief Peter schon von weitem, „was steht ihr da wie bestellt und nicht abgeholt? Ihr wißt wohl ohne uns nichts anzufangen!"

„Ist die Party schon in vollem Gange?" fragte Paul, als sie nähergekommen waren.

„Es gibt keine Party", erklärte Silvy unumwunden, „eure Mutter ist von der Leiter gefallen, ein Krankenwagen hat sie abgeholt, und Leonore hat sie begleitet."

Schneider-Buch

Preisrätsel

400 Bücher zu gewinnen!

Hier abtrennen

275/Als Geschmacksmuster geschützt.

Name: ______________________________

Straße: ______________________________

Postleitzahl: __________ Ort: ______________________

Achtung:

Absender nicht vergessen!
Nur mit Schreibmaschine oder mit Kugelschreiber in Blockbuchstaben ausfüllen!

Ich bin ________ Jahre alt.
Ich bin ☐ ein Junge
Ich bin ☐ ein Mädchen

Welcher Titel gehört zu dem hier abgebildeten Titelbild?

Den richtigen Titel bitte ankreuzen.

☐ Gitta von Cetto
Ferien bringen neue Freunde

☐ Tina Caspari
Mit 13 hat man täglich Ärger

☐ Margot Kreuter
Ich möcht so gerne glücklich sein

☐ Beate Diele
Ein Sommer in Seeried

Die Freundinnen berieten, was zu tun sei

„Hört auf mit dem Quatsch! Solche Witze könnt ihr mit uns nicht machen!" rief Peter.

„Da seid ihr schief gewickelt", erklärte Katrin, „Silvy hat ausnahmsweise mal die Wahrheit gesagt."

„Aber ihr braucht euch nicht zu beunruhigen", fügte Ruth hinzu, „außer einer Gehirnerschütterung und einem Beinbruch ist nichts passiert."

Die Brüder waren ziemlich blaß geworden.

„Ihr habt Nerven!" knurrte Paul.

„Können wir euch helfen?" fragte Katrin höflich. „Aufräumen oder uns um die Kleinen kümmern?"

„Nicht nötig. Das machen wir schon alleine", lehnte Peter in einem reichlich patzigen Ton ab.

„Oh, wir wollten uns keineswegs aufdrängen", sagte Katrin zuckersüß, „so interessant, wie ihr zu glauben scheint, ist uns eure ehrenwerte Gesellschaft gar nicht!" Sie wandte sich Ruth und Silvy zu. „Los, zieht euch an. Ihr seht, unsere Typen sind hier nicht erwünscht." Sie schlüpfte in ihren Kapuzenmantel, nahm ihren Schuhbeutel, stürmte aus dem Haus und wartete erst nach einigen Metern auf die anderen.

„So frech hättet ihr zu den Jungen auch nicht zu sein brauchen", tadelte Ruth.

„Waren sie denn etwa fein zu uns?"

„Sie waren sehr erschrocken", erklärte Ruth, „und da kann man schon mal vergessen, höflich zu sein."

„Ruth hat nicht so unrecht", sagte Silvy hoheitsvoll, „es wird wirklich Zeit, daß du anfängst, dich im Umgang mit Herren zu üben. Wenn du so weiter machst, kriegst du nie einen Mann."

Katrin blieb mitten im Regen stehen. „Nun sag mal, bist du denn ganz verrückt geworden? Ich soll mich jetzt schon um einen Mann kümmern? Ich weiß ja überhaupt noch nicht, ob ich jemals heiraten möchte, und wenn, dann bestimmt keinen so dummen Lümmel wie Peter oder Paul!"

„Du bist unverbesserlich", tadelte Silvy.

„Ich!?" schrie Katrin. „Und wer, bitte, ist im Regen herumgesaust und hat den Arzt herbeigelockt? Ja, stimmt, du hast mich begleitet, Ruth, das war famos von dir. Aber findet ihr nicht, daß Leonore sich ruhig hätte bedanken können?"

„Das tut sie wohl noch", versuchte Ruth sie zu beruhigen.

„Dazu hätte sie auch allen Grund", sagte Silvy, „denn wir sind ganz schön hereingefallen. Statt der versprochenen Party hat es gar nichts gegeben, nicht einmal ein Stück Kuchen. Und unsere Geschenke hat sie trotzdem kassiert, denn die konnten wir ja nicht gut wieder mitnehmen."

„Und ganz umsonst schön gemacht habe ich mich auch", maulte Katrin, „sogar die Haare habe ich mir gewaschen. Habt ihr überhaupt mein umwerfend schickes Kleid beachtet?"

„Du bist wirklich zu bedauern", sagte Silvy, „jetzt stehst du da mit deinem geschrubbten Hals."

Ruth lachte. „Wißt ihr was", schlug sie vor, „wir kratzen unsere Pfennige zusammen und gönnen uns in der Milchbar ein Stück Kuchen oder ein Eis, denn eine kleine Stärkung haben wir nach all den Aufregungen und Enttäuschungen bestimmt verdient."

„Das ist die Masche!" rief Katrin. „Dann kann ich wenigstens noch mein Kleid zur Geltung bringen."

„Und ich auch", sagte Silvy.

Sie hakten sich beieinander ein und strebten im Sturmschritt dem verlockenden Ziel zu.

Wandertag

Am Montag darauf war Wandertag. Die Schülerinnen der sechsten Klasse trafen sich mit Frau Dr. Mohrmann an der Bushaltestelle Max-Platz. Alle hatten sich entsprechend ihrem Geschmack und ihren Möglichkeiten für den Klassen-Ausflug kostümiert.

Die Klassenlehrerin trug einen leicht ausgestellten Tweedrock, dazu eines ihrer geliebten Twinsets, diesmal in Knallrot, und hatte für alle Fälle einen Regenmantel auf den Rucksack geschnallt. Katrin kam in Bundhosen, richtigen Wanderstiefeln mit gestrickten Socken darin, mit Pullover und Windjacke; sie wirkte am sportlichsten. Olga führte ihren neuen flaschengrünen Hosenanzug mit Weste und weißer Bluse aus, über dem ihr rotes Haar wie ein Farbklecks leuchtete. Silvy hatte ihre Mutter davon überzeugen können, daß ein elegantes hellblaues Kostüm das Richtige für einen Klassenausflug wäre; sie merkte, sobald sie zu den anderen stieß, daß ihre Kleidung nicht passen wollte, und ärgerte sich — nicht etwa über ihren eigenen Fehler, sondern darüber, daß sie in ihrem feinen Aufzug nicht so zur Geltung kam, wie sie erhofft hatte. Auch die kleine Ruth sah in einem fröhlich gemusterten Kilt, der mit einer mächtigen Sicherheitsnadel geschmückt war, dunkelblauem Blazer, Kniestrümpfen und handgenähten Sportschuhen wie aus einer Modezeitung geschnitten aus, nur, im Gegensatz zu Silvy, aus der richtigen Seite. Nur Leonore hatte ein gewöhnliches Schulkleid und ihren gewöhnlichen Anorak an, so, als wenn sie das erste beste angezogen hätte, was ihr in die Hände gefallen war, und so war es auch tatsächlich, denn seit ihre Mutter im Krankenhaus lag, hatte sie keine Zeit mehr für Kleidersorgen.

An der Haltestelle herrschte ein starkes Gedränge, weil auch noch viele Erwachsene auf einen Bus warteten, der sie zur Arbeitsstelle führen sollte. Die Mädchen begrüßten sich lebhaft und schwätzten vergnügt durcheinander.

Frau Dr. Mohrmann warf einen Blick auf ihre Armbanduhr, dann klatschte sie in die Hände, um die Aufmerksamkeit auf sich zu lenken. „Sind alle da?" rief sie. „Wir wollen doch gleich einmal abzählen!"

„Oh, bitte nicht!" rief Silvy, die neben ihr stand.

„Wieso denn nicht?" fragte die Lehrerin ganz erstaunt. „Was hast du dagegen?"

„Diese Abzählerei wirkt so kindisch", behauptete Silvy.

Frau Dr. Mohrmann lachte. „So ein Unsinn! Ohne Abzählen geht es nicht. Ich muß doch wissen, wieviel wir sind, wenn wir gleich starten, damit ich später sicher sein kann, die gleiche Zahl mit nach Hause zu bringen."

„Wenn es nur auf die Zahl ankommt", sagte Katrin, „dann hätte ich auch meine Oma als Ersatz schicken können."

Alle lachten.

„Na, ich glaube, deine Großmutter würde ich wohl kaum mit dir vergleichen!" sagte Frau Dr. Mohrmann. „Außerdem ist die Versuchung, den Wandertag zu schwänzen, nachgewiesenermaßen sehr gering. Bei solchen Gelegenheiten pflegen die Klassen immer vollständig zusammenzusein."

„Also ... abzählen!" rief Olga, der das alles schon viel zu lange dauerte.

„Abzählen!" verlangte auch Ruth, die es gar nicht mehr erwarten konnte, bis es endlich losging, und sie machte auch gleich den Anfang und rief: „Eins!"

„Zwei!" sagte Katrin.

„Drei!" fuhr Leonore fort.

Und so ging es weiter bis zu Nummer 31.

„Eine fehlt!" stellte Katrin fest.

Aber da kam die eine gerade mit fliegender Mähne um die Ecke gesaust.

„Es stimmt also, wir sind zweiunddreißig", sagte Frau Dr. Mohrmann, „das heißt, die ganze Klasse ist versammelt. Ihr seht also, daß so ein Wandertag schon im vorhinein einen ausgezeichneten Einfluß auf den Gesundheitszustand hat, denn wenn ich mich recht erinnere, haben in letzter Zeit immer eine oder zwei Schülerinnen gefehlt."

„Ich war in der vorigen Woche wirklich krank", verteidigte sich Ruth, „ich hatte Fieber und Halsschmerzen und ..."

„Ich habe nur einen Scherz gemacht", sagte Frau Dr. Mohrmann rasch, „ich wollte niemanden beleidigen. Natürlich weiß ich, daß du wirklich krank warst, Ruth, denn sonst hätte deine Mutter dich ja bestimmt in die Schule geschickt. Aber gerade weil ich voraussetze, daß ihr alle wirklich krank seid, wenn ihr zu Hause bleibt, scheint es mir besonders interessant, daß am Wandertag fast immer alle gesund sind. Es würde sich lohnen, darüber einmal nachzudenken."

„Mit Vergnügen", sagte Katrin, „wenn Sie bloß nicht verlangen, daß wir einen Aufsatz darüber schreiben!"

Wieder hatte sie die Lacher auf ihrer Seite.

Der Bus, auf den sie gewartet hatten, hielt. Sie drängten sich hinter den Erwachsenen hinein. Als letzte bestieg ihn Frau Dr. Mohrmann.

Die ersten fünf Stationen mußten die Mädchen stehen, aber dann begann sich der Bus mehr und mehr zu leeren, und als sie die Peripherie der Stadt erreichten, hatten sie den Wagen für sich und konnten es sich bequem machen.

Katrin öffnete ihren Rucksack; sie packte ein belegtes Brot, einen Apfel und ein hartgekochtes Ei aus.

„Du lieber Himmel", rief Silvy, „du kannst doch nicht etwa schon Hunger haben?"

„Natürlich nicht", erwiderte Katrin unbekümmert und biß in ihr Brot, „aber was ich jetzt vertilge, brauche ich später nicht mehr zu schleppen."

„Ach, erzähl uns doch nichts! Du bist einfach verfressen", behauptete Silvy.

Katrin ließ sich dadurch nicht kränken, sondern futterte vergnügt weiter, und bald folgten auch einige andere Mädchen und schließlich fast die ganze Klasse ihrem Beispiel. Ruth hatte sich sogar ein Einmachglas mit Kartoffelsalat auf den Schoß gestellt und löffelte ihn genüßlich in sich hinein.

Frau Dr. Mohrmann enthielt sich jeden Kommentars, denn für sie war dieser Appetit, der auf Wandertagen mit schöner Regelmäßigkeit gleich nach dem Frühstück aufzutreten pflegte, nichts Neues. Sie blickte zum Fenster hinaus und wies ihre Schülerinnen auf interessante Baulichkeiten und Aussichten hin.

Erst als sie sich der Endstation näherten, befahl sie: „So, nun packt aber zusammen und macht euch fertig zum Aussteigen! Und daß mir kein Butterbrotpapier und keine Apfelsinenschalen liegenbleiben. Olga, ich sehe, du hast ein leeres Netz da. Sammle alle Abfälle ein. Du kannst sie dann gleich in einen Papierkorb werfen."

Gleich nach dem Aussteigen ließ sie vorsichtshalber noch einmal abzählen.

„So was Blödes", flüsterte Silvy den anderen zu, „als wenn wir unterwegs jemanden verloren haben könnten!"

„Na, wer weiß, vielleicht glaubt Mohrchen, daß eine eingeschlafen ist", sagte Katrin, „und aus Versehen wieder in die Stadt zurückfährt."

Wie vorauszusehen, waren noch alle zweiunddreißig Schülerinnen beieinander.

Katrin futterte vergnügt weiter

Sie mußten noch ein ganzes Stück gehen, bis sie zum Wald kamen. Es war ein anderer Wald als der bei der Parkschule, der sie hier erwartete. Er war zwar auch durchforstet und von Spazierwegen durchzogen, aber zwischen den Bäumen gab es dichtes, oft fast undurchdringliches Unterholz, und die Kronen der hohen Buchen stießen oben wie ein Dach zusammen.

Frau Dr. Mohrmann erzählte, daß dieser Wald früher das Jagdgebiet eines Fürsten war und daß es auch jetzt noch sehr viele Tiere hier gab, besonders Damwild und Rotwild. „Wenn wir Glück haben und sehr leise sind", sagte sie, „können wir vielleicht später ein Rudel beobachten. Es ist Schonzeit, und da sind die Tiere nicht so scheu wie gewöhnlich."

„Warum ist denn gerade jetzt Schonzeit?" wollte Ruth wissen. „Das muß doch einen Grund haben."

„Weil die Tiere Junge haben natürlich, du Dumme!" belehrte Silvy sie von oben herab.

„Blas dich bloß nicht so auf", nahm Katrin die Freundin sofort in Schutz, „du weißt auch nicht immer alles."

„Ich verstehe überhaupt nicht, wie es erlaubt sein kann, daß man Tiere erschießt", sagte Olga, „ich finde das einfach eine Gemeinheit. Wenn ich mir vorstelle, da läuft so ein süßes Bambi über die Wiese und... piff, paff, bumm... es fällt tot um und ist nichts mehr als totes Fleisch und ein bißchen Fell."

„Das ist glatter Mord", stimmte Leonore ihr zu.

„Es ist fein, daß ihr so tierlieb seid", sagte Frau Dr. Mohrmann, „aber ihr solltet euch trotzdem vor Übertreibungen hüten. Einen Mord kann man nur an einem Mitmenschen begehen..."

„Wieso eigentlich?" fragte Katrin dazwischen

„Selbst in der Bibel", fuhr Frau Dr. Mohrmann fort, „steht nichts davon, daß man Tiere nicht töten darf. Die früheren Menschen haben sogar fast ausschließlich von der Jagd gelebt."

„Na ja", sagte Olga, „damals hatten sie ja auch noch kein Zuchtvieh! Denn daß man Kälber und Schweine schlachtet, das will ich ja noch gelten lassen. Etwas anderes ist es aber doch bei den wilden Tieren..."

„Und außerdem", rief Ruth, „eigentlich brauchte der Mensch bestimmt überhaupt kein Fleisch zu essen, jedenfalls heutzutage nicht mehr, wo die Wissenschaft soweit ist, daß sie alles mögliche chemisch herstellen kann! Da könnte man doch leicht einen Fleisch-Ersatz erfinden..."

„Ja", sagte Katrin trocken, „und dann würde das Viehzeug hundert Jahre alt und wir wären soweit wie die Inder, denen auch die heiligen Kühe alles wegessen, so daß die Kinder hungern müssen."

„Man brauchte ja erst gar kein Vieh zu züchten", beharrte Ruth.

„Dann willst du es aussterben lassen? Das ist auch nicht gerade fein."

„Ich habe ja gar nicht vom Stallvieh gesprochen", kam Olga auf das ursprüngliche Thema zurück, „sondern eben nur vom Wild, und da bin ich nach wie vor der Meinung, es ist eine Gemeinheit, die lieben, schönen Tiere abzuknallen ... nur aus Jagdlust und um einen guten Braten zu kriegen."

„Moment mal", warf Frau Dr. Mohrmann ein, „ihr habt jetzt gehört, wie Olga es meint. Ich frage euch nun ... hat sie recht oder nicht? Wird das Wild wirklich nur aus diesen Gründen abgeschossen?"

„Nein", sagte Silvy, „mein Onkel hat eine Jagd, deshalb weiß ich es. Er schießt nur die Tiere ab, die mickrig oder krank sind, und er achtet darauf, daß in seinem Revier immer nur soviel Wild ist, daß es genug zu fressen und zu leben hat."

„Das ist ein richtiger Gedanke", lobte Frau Dr. Mohrmann, „die Jäger von heute müssen ja nicht mehr ihre Familien mit dem geschossenen Wild ernähren wie in grauer Vorzeit, sie können es sich deshalb erlauben, nicht mehr in erster Linie Beutemacher, sondern Heger und Pfleger zu sein. Aber eigentlich wollte ich auf etwas anderes hinaus. Denkt doch einmal nach, vielleicht kommt ihr drauf."

Die Mädchen sahen sich an und wußten keine Antwort.

„Was würde denn passieren, wenn überhaupt kein Wild mehr abgeschossen würde?" half Frau Dr. Mohrmann nach.

„Es würde sich wahrscheinlich vermehren und vermehren ..." sagte Katrin.

„Richtig. Und?" Frau Dr. Mohrmann machte eine kleine Pause, dann gab sie sich selber die Antwort: „Das Wild würde im Wald nicht mehr genügend Nahrung finden und auf die Felder hinüberwechseln. Das geschieht immer sofort dann, wenn der Wildbestand etwas zu groß geworden ist. Würde man kein Wild mehr schießen, so würde das letztlich auch das Ende des Ackerbaus bedeuten."

„Das habe ich längst gewußt!" rief Silvy. „Bloß im Augenblick war es mir entfallen."

Die anderen lachten sie aus.

„Vielleicht", sagte Olga beharrlich, „kommt doch einmal eine Zeit, wo die Menschen überhaupt kein Fleisch mehr essen und vielleicht auch kein Gemüse, wo sie die notwendige Nahrung nur noch in Pillenform zu sich nehmen ..."

„Igittegitt!" Katrin schauderte.

Olga ließ sich nicht unterbrechen „... und friedlich mit allen Tieren zusammenleben und sie sich nur noch zum Vergnügen züchten!"

„Danke für Obst und Südfrüchte", sagte Katrin, „ich möchte doch nicht ganz und gar auf einen leckeren Rehbraten mit Preißelbeeren, Champignons und Kartoffelkroketten verzichten!" Sie fuhr sich mit der Zungenspitze über die Lippen.

„Dann bist du eben eine Barbarin!" fuhr Olga sie an.

Frau Dr. Mohrmann schlug ein langsameres Tempo ein und wandte sich der nächsten Mädchengruppe zu, die ein paar Meter hinter ihnen kam. Olga heftete sich an die Fersen der Klassenlehrerin.

Katrin blickte sich nach ihr um. „Mir scheint, unser Karottenkopf hat 'ne Meise", sagte sie respektlos.

„Ach was, das ist alles bloß Berechnung von ihr", behauptete Silvy, „merkt ihr denn nicht, daß sie es darauf angelegt hat, sich bei Mohrchen lieb Kind zu machen?"

„Von mir aus soll sie doch", erklärte Leonore.

„Ganz meine Meinung", stimmte Katrin zu. „Wißt ihr was, mir hat dieses Pillengespräch ordentlich Hunger gemacht. Legen wir doch noch einen Schritt zu, damit wir als erste bei der Auer Mühle sind."

„Au ja", sagte Silvy, „und wenn Mohrchen das nächste Mal abzählen läßt, wird sie sich wundern!"

„Ja, und wir werden uns verstecken und sie überraschen!" rief Ruth.

Gesagt, getan, die vier Freundinnen begannen im Eiltempo loszumarschieren. Die Stimmen der anderen in ihrem Rücken wurden leiser und leiser, und als Katrin sich nach einer Weile umsah, war niemand mehr zu sehen.

„Wir haben sie abgehängt!“ rief sie triumphierend. „Los, auf zum Endspurt!“

Sie raste voraus, und die anderen folgten ihr. Alle glaubten, daß die Auer Mühle, ein Ausflugslokal, jeden Augenblick vor ihnen auftauchen müßte, aber der Wald lichtete sich nicht.

„Ich kann nicht mehr!“ keuchte die kleine Ruth.

„Ach was, reiß dich doch zusammen“, meinte Katrin, „du bist doch sonst eine so gute Läuferin!“

„Ja, aber da habe ich auch Turnschuhe an!“

„Was hat das denn damit zu tun?“ fragte Silvy.

„Alles! Wenn ihr nur wüßtet, wie weh mir die Füße tun!“

Katrin blieb stehen. „Ich hatte doch vorhin schon so eine Ahnung! Deine Schuhe sind neu, wie? Also so etwas von Unvernunft! Da schlägst du doch lang hin!“

„Du liebes bißchen“, empörte sich Silvy, „jedes neugeborene Baby weiß doch heutzutage, daß man auf einem Ausflug keine neuen Schuhe anziehen darf.“

„Aber ich habe sie doch extra für diesen Wandertag bekommen!“ jammerte Ruth. „Meine Mutter hat sie mir gekauft, weil ich keine hatte, die zu meinem Kilt und meinem Blazer paßten!“

„Das hast du nun von deiner Eitelkeit“, stellte Leonore fest, „die ausgelatschtesten Alltagsschuhe wären besser gewesen.“

„Ich wußte ja nicht, daß es so weit war!“

„Komm, jetzt stell dich nicht an“, mahnte Katrin, „es kann ja höchstens noch fünf Minuten dauern.“

Aber weder mit Bitten noch mit bösen Worten war Ruth zu bewegen, auch nur einen einzigen Schritt weiterzugehen. Silvy und Leonore wollten sie zurücklassen, aber als Katrin sich dafür entschied, bei der Freundin zu bleiben, erklärten auch sie sich nach einigem Hin und Her einverstanden, eine Rast einzulegen.

„Setzen wir uns da drüben auf den gestürzten Baumstamm und warten ab“, entschied Katrin, „und sobald wir die anderen hören, verstecken wir uns. Es ist schließlich egal, ob wir sie hier überfallen oder bei der Auer Mühle."

Tatsächlich waren alle schon ein bißchen erschöpft und froh, sich eine Weile ausruhen zu können. Sie ließen sich auf dem dicken Baumstamm nieder, schnallten ihre Rucksäcke und Brotbeutel ab und streckten die Beine weit von sich. Silvy machte den Vorschlag, ganz still zu sein und reglos dazusitzen, bis sich ein Reh blicken ließe. Sie versuchten es auch, brachten es dann aber doch nicht fertig, denn sie hatten sich, wie immer, viel zu erzählen.

„Hoffentlich sind wir um zwei Uhr wieder in der Stadt", sagte Leonore, „dann kann ich nämlich noch meine Mutter besuchen. Sie wartet doch auf mich."

„Wie geht es ihr denn?" fragte Katrin.

„Nicht sehr gut", sagte Leonore, „das Bein tut immer noch weh, und das dürfte es eigentlich nicht, nachdem es eingegipst ist."

„Na, immerhin ist es ja gebrochen!"

„Aber weh tun dürfte es trotzdem nicht mehr. Vielleicht muß der Gips wieder aufgemacht werden . . ."

„Du liebe Zeit!" rief Ruth.

„Ja, das wäre schrecklich", sagte Leonore, „dann hat sie eine ganze Woche umsonst in der Klinik gelegen, und alles fängt noch einmal von vorn an. Und ich hatte so gehofft, daß sie bald nach Hause käme, damit ich meine Party nachholen kann."

„Wenn das deine ganzen Sorgen sind", sagte Katrin, „dann bist du zu beneiden. Mach dir nur unseretwegen keine Gedanken. Wir haben bisher ohne deine Party gelebt und werden es auch weiter können."

„Außerdem", setzte Silvy hinzu, „werden die berühmten Kanapees ja auch ohne uns nicht sauer geworden sein."

Leonore fuhr hoch. „Wieso? Wie meinst du das?"

„Daß ihr sie allein gegessen haben werdet."

Leonore wartete darauf, daß eine der Freundinnen für sie Partei ergriff, aber niemand rührte sich.

„Ich hätte sie euch ja schließlich nicht mit in die Schule bringen können", sagte sie.

Wieder sagte niemand etwas, und Leonore, die seit dem Unfall ihrer Mutter nahe am Wasser gebaut hatte, spürte, wie ihr die Tränen in die Augen stiegen.

„Ich habe euch die Geschenke zurückgeben wollen", sagte sie, „aber als ich aus dem Krankenhaus zurückkam, da hatten Peter und Paul sie schon ausgepackt, und Andy hatte in Olgas schönes Buch einen dicken Schokoladenfleck gemacht und ..."

Ruth erbarmte sich ihrer. „Du brauchst dich nicht zu entschuldigen, Leonore, geschenkt ist geschenkt, und wiedernehmen ist verboten. Wir haben dir ja nichts wegen der Party gegeben, sondern weil du Geburtstag hattest."

„Ich hole die Party nach, ganz bestimmt!" versprach Leonore mit erstickter Stimme.

Jetzt rang sich auch Katrin zu einer gewissen Großzügigkeit durch. „Darauf kommt es doch nicht an, Leonore, wie oft soll ich dir das noch sagen. Hauptsache, deine Mutter wird recht bald gesund. Mehr wünschen wir ja gar nicht."

Nur Silvy sagte nichts.

Die Erinnerung an den Unfall hatte die Stimmung der Mädchen gedämpft; alle waren sie nachdenklich geworden; die Lust zum Streiten war ihnen vergangen.

„Wo die anderen bloß bleiben?" fragte Ruth. „Sie müßten doch eigentlich schon längst hier sein. Oder etwa nicht?"

„Vielleicht haben sie auch unterwegs haltgemacht, und Mohrchen hält ihnen einen Vortrag!" meinte Silvy.

Aber das war nicht sehr überzeugend, und plötzlich wurde es ihnen ein bißchen bänglich zumute. Der Wald wirkte auf einmal sehr groß und sehr still, und selbst das Zwitschern der Vögel klang nicht mehr ermutigend.

„Das ist doch sehr komisch", sagte Ruth, „was sollen wir jetzt tun?"

„Abwarten", erklärte Katrin, „etwas anderes bleibt uns gar nicht übrig."

„Wieviel Uhr ist es?" fragte Leonore. „Wenn wir hier herumsitzen, komme ich niemals rechtzeitig in die Stadt zurück."

„Mach uns bloß nicht nervös", sagte Silvy.

Eine Weile kauerten sie schweigend da und lauschten angestrengt, aber es war nichts zu hören als das Rauschen in den Wipfeln und hie und da ein Knacken in den Zweigen und der dünne Gesang der Vögel, aber weit und breit keine menschliche Stimme.

Katrin sprang auf und lief ein paar Schritte zurück, dann wandte sie sich wieder zu den anderen um. „Freunde", sagte sie, „machen wir uns nicht länger etwas vor. Wir haben uns verirrt wie Hänsel und Gretel im tiefen Wald!"

Verirrt

Jetzt sprangen auch Silvy, Leonore und Ruth auf und starrten einander fassungslos an; es dauerte Sekunden, bis sie Katrins Feststellung verarbeitet hatten.

„Was nun?" rief Ruth endlich verzweifelt. „Was sollen wir jetzt nur tun!?"

„Ich muß doch zu meiner Mutter!" jammerte Leonore. „Wenn ich nicht rechtzeitig in die Stadt zurückkomme . . ."

Silvy fiel ihr ins Wort. „Da gibt es nur eins", sagte sie, „wir müssen zurück, marsch, marsch."

„Womit du ausnahmsweise einmal recht haben dürftest", stimmte Katrin ihr zu. „Also . . . allons, enfants! Zu deutsch: laßt uns gehen, Kinder!"

„Aber meine Füße tun so weh! Ich kann keinen Schritt mehr machen", behauptete Ruth.

„Zieh dir die Schuhe aus, dann wird es schon gehen", schlug Katrin vor.

„Was? Ich soll barfuß . . .?"

„Willst du lieber hier im Wald übernachten?"

Das wirkte. Mit einem tiefen Seufzer schnürte Ruth ihre schicken Sportschuhe auf, zog sie von den schmerzenden Füßen und verstaute sie samt ihren Kniestrümpfen im Rucksack. „Wenn das meine Mutter wüßte . . ."

„. . . das Herz im Leibe würde ihr zerspringen", ergänzte Katrin. „Mach kein Drama daraus, Ruthchen, so ein kleiner Frühlingsspaziergang auf nackten Sohlen hat noch niemandem geschadet."

„Und außerdem haben wir hier kein Pferd Falada, ‚da du hangest', und zur Gänsemagd wie im Märchen hat dich auch keiner gemacht", ließ Silvy sich vernehmen.

Sie und Leonore waren schon ein Stück vorausgestrebt, während Katrin wartete, bis Ruth soweit war.

Der schmale Waldweg schien sich endlos hinzuziehen, und den Mädchen wurde immer bänglicher und bänglicher zumute, denn auch das letzte Fünkchen Hoffnung, daß gleich die anderen vor ihnen auftauchen würden, erlosch, je weiter sie gingen. Sie waren eine gute halbe Stunde unterwegs, als sie endlich an eine Kreuzung kamen.

„Stillgestanden", kommandierte Silvy, „ich glaube, hier ist die Stelle, wo wir vom Weg abgekommen sind."

„Sehr richtig, mein lieber Dr. Watson", sagte Katrin und begann wie ein echter Sherlock Holmes Spuren zu sichern, „sieh da, ein Kaugummipapier! Und gleich noch eines! Seht sie euch an, die haben bestimmt nicht über Nacht hier gelegen, sondern sind vor kurzem weggeworfen worden, was beweist, daß unsere werten Mitschülerinnen hier gewesen sind, denn von uns vieren hat doch keine gekaut, oder etwa doch?" sie hielt triumphierend die bunten Papierchen hoch.

„Nein", sagte Leonore, „aber es beweist trotzdem nichts. Jeder beliebige Mensch könnte hier vorbeigegangen sein und das Papier ins Moos geworfen haben."

„Theoretisch schon", räumte Katrin ein, „aber praktisch wissen wir doch, daß hier die anderen noch ziemlich dicht hinter uns gewesen sein müssen, und wenn wir von dieser Tatsache ausgehen, haben die vorliegenden Spuren eben doch ihre Bedeutung. Außerdem ... na, seht mal her!" Sie wies auf einen Baum. „Da ... ein schwarzer Strich und ein roter Punkt! Was sind das?"

„Wanderzeichen", sagte Ruth.

„Wie wahr! Mit diesen Runen oder Hieroglyphen war der Weg von der Endstation bis hierher gekennzeichnet. Mir ist das vorhin schon aufgefallen, ohne daß ich mir etwas dabei gedacht habe ..."

„Erstaunlich, wo du doch sonst eine so große Denkerin bist!" spottete Silvy, verärgert darüber, daß Katrin schon wieder das große Wort führte.

„Ja, leider", sagte Katrin unbekümmert, „ich war abgelenkt. Sonst hätte ich nämlich merken müssen, daß wir genau an dieser Kreuzung vom richtigen Weg abgekommen sind. Seht mal, wo wir jetzt hergekommen sind, gibt es keine Zeichen mehr, obwohl der Weg wie eine Verlängerung des alten aussieht."

„Und hier", rief Leonore, „an der rechten Abzweigung sind wieder die roten Punkte ..."

„Und an der linken der schwarze Strich!" stellte Ruth fest.

„Na, wunderbar", sagte Katrin, „jetzt brauchten wir nur noch zu wissen, welches Wanderzeichen dasjenige ist, das zur Auer Mühle führt, und schon wären wir gerettet."

Die Mädchen sahen sich an.

„Auf hochdeutsch", sagte Leonore, „wir sind genauso klug wie zuvor."

„O nein", widersprach Katrin, „so schlecht stehen die Aktien gar nicht. Wir haben jetzt genau den Punkt gefunden, wo wir die anderen verloren haben. Also kann uns überhaupt nichts mehr passieren. Wir brauchen uns nur noch hier niederzulassen und abzuwarten, bis sie uns holen."

„Etwas Schlaueres fällt dir nicht ein?" fragte Silvy.

„Nein. Das ist das Klügste, was wir tun können. Beim nächsten Abzählen, also spätestens wenn sie in der Auer Mühle angekommen sind, wird Mohrchen feststellen, daß wir abhanden gekommen sind, und einen reitenden Boten nach uns ausschicken."

„Und wenn nicht?"

„Sie tut es bestimmt", behauptete Katrin, „das bedarf überhaupt keiner Frage. Schaut mal, hier ist sogar eine Bank, wo wir uns häuslich niederlassen können." Sie schnallte ihren Rucksack ab und machte es sich gemütlich.

Ruth folgte ihrem Beispiel.

„Eure Nerven möchte ich haben", sagte Silvy.

„Ich halte das nicht aus", jammerte Leonore, „ich kann mich nicht einfach in aller Seelenruhe hinsetzen, während ich weiß, daß meine Mutter in der Klinik auf mich wartet . . ."

Katrin warf einen Blick auf ihre Armbanduhr. „Um elf Uhr? Du spinnst ja. Es ist ja noch nicht einmal Mittag."

Aber Leonore war nicht zu beruhigen. „Kann man denn gar nichts tun?" fragte sie. „Silvy, du bist doch sonst immer so supergescheit! Weißt du denn gar keinen Rat?"

Dieser Appell an Silvys Eitelkeit tat sofort seine Wirkung. ‚Ich bin auch nicht fürs Warten", erklärte sie.

„Sondern?"

„Laß mich mal überlegen!" Silvy legte ihren Finger an die spitze Nase. „Vor ein paar Jahren habe ich mal mit meinen Eltern einen Sonntagsausflug zur Auer Mühle gemacht, und ich erinnere mich . . . ja, jetzt weiß ich es wieder ganz genau . . . wir sind dem roten Punkt nachgegangen. Nach rechts also von hier aus . . . ja, es war rechts."

„Silvy", sagte Katrin in übertrieben besorgtem Ton, „ist dir nicht gut?"

„Wie kommst du darauf?"

„Weil das, was du uns da erzählst, ausgemachter Mumpitz ist. Du kannst dich unmöglich erinnern, welchen Weg du damals mit deinen Eltern genommen hast. Erstens liegt das Jahre zurück, zweitens warst du noch wesentlich jünger als heute, und drittens wäre dir das dann inzwischen doch schon längst

4 – 4697 – 9

eingefallen. Also bildest du es dir entweder nur ein, oder du willst uns was vormachen."

„Daß du mir nicht glaubst, hätte ich mir ja denken können", sagte Silvy giftig, „du kannst es eben nicht ertragen, wenn du nicht die Gescheiteste bist."

„Na, bitte", sagte Katrin und begann ihren Rucksack auszupacken, „wie du meinst."

„Kommst du, Leonore?" fragte Silvy.

„Hört mal!" rief Ruth. „Ihr wollt doch nicht etwa wirklich aufs Geratewohl losmarschieren!? Das wäre doch wirklich heller Wahnsinn."

„Halte du dich raus!" gab Silvy zurück.

Aber Ruth ließ sich nicht mundtot machen. „Ich bitte dich, Leonore, du wirst doch nicht wirklich so verrückt sein und Silvy begleiten?" rief sie.

„Ja, versteht ihr denn nicht, daß ich nicht hier herumsitzen und Löcher in die Luft starren kann? Ich muß endlich etwas unternehmen."

„Dann tu etwas Vernünftiges! Geh zur Endstation zurück. Wir werden Mohrchen dann erklären ..."

„Nein", sagte Leonore, „das geht nicht. Ich kann doch nicht den Ausflug abbrechen, wann es mir paßt. Das gäbe einen Tadel ins Klassenbuch."

„Genauso wenig kannst du blindlings draufloslaufen, wenn du den Weg nicht kennst", mischte Katrin sich jetzt wieder ein. „Wenn ihr beide schon unbedingt etwas tun müßt, dann solltet ihr getrennt losschieben, die eine den Weg mit dem roten Punkt, die andere den mit dem schwarzen Strich lang. Vielleicht stoßt ihr nach einiger Zeit auf einen richtigen Wegweiser, sehr wahrscheinlich sogar, und dann kommt ihr zurück und berichtet."

„Das hast du dir fein ausgedacht!" empörte sich Silvy. „Jetzt halte aber mal die Luft an. Du willst mit Ruth hier gemütlich sitzen bleiben, während wir den Weg für euch auskundschaften? So blöd müßten wir sein."

„Ich muß etwas unternehmen", jammerte Leonore

„Wenn ihr wirklich mir nichts, dir nichts einen Weg hinunterlaufen wollt, ohne zu wissen, wohin er führt, dann seid ihr sogar noch viel blöder."

„Das glaubst du jetzt. Aber wenn wir die anderen eingeholt haben, während ihr immer noch hier herumhockt, dann wird euch schon das Lachen vergehen."

„Warten wir's ab."

„Kommst du nun mit oder nicht, Leonore?" fragte Silvy. „Es zwingt dich niemand. Wenn du zu Katrin mehr Vertrauen haben solltest als zu mir . . ."

„Nein, nein, natürlich nicht", versicherte Leonore, „ich bin sicher, daß du recht hast."

Die beiden marschierten los.

„Viel Vergnügen!" rief Katrin ihnen nach.

Aber weder Silvy noch Leonore warfen einen Blick zurück.

„Wir hätten sie nicht gehen lassen sollen", sagte Ruth.

„Dann verrate mir mal, wie wir sie daran hätten hindern können!" Katrin klopfte ein hartgekochtes Ei gegen die Bank und begann es abzupellen. „Sie waren ja wild entschlossen, und wir konnten sie schließlich nicht anbinden."

„Aber sie werden sich bestimmt noch mehr verirren!"

„Vielleicht", erklärte Katrin gemütlich, „vielleicht aber auch nicht. Ich nehme an, wenn die nach zehn Minuten noch keinen Wegweiser entdecken, kommen sie ganz von selber zurück."

„Nein. Sie haben viel zu viel Angst, sich vor uns zu blamieren. Da kannst du sicher sein."

„Mach dir doch nicht so viele Sorgen um die zwei", mahnte Katrin, „glaubst du denn etwa, die machen sich Gedanken um uns? Und wenn sie zufällig den richtigen Weg erwischt haben und bei der Auer Mühle landen, was glaubst du, wie die uns auslachen werden."

„Ja, das stimmt", gab Ruth zu.

„Na also. Dann laß es dir schmecken und versuch wie ich, das Beste aus der Situation zu machen. Willst du eine Tasse Tee? Ich habe eine ganze Thermosflasche voll bei mir."

„Ja, bitte“, sagte Ruth.

Sie schmausten in aller Gemütsruhe ihre Brote, Eier und den Kartoffelsalat, löffelten zum Schluß noch ein Glas Pudding leer und teilten sich eine Tafel Schokolade.

„So“, sagte Katrin befriedigt und strich sich über das Bäuchlein, „der erste Hunger wäre gestillt! Jetzt kann ich es mit einem aufnehmen, der noch nichts gegessen hat.“

„Und Leonore und Silvy sind noch nicht zurückgekommen, und keine von den anderen hat sich blicken lassen!“ sagte Ruth besorgt.

„Macht nichts, wir haben ja auch noch allerhand zu tun. Erst einmal müssen wir die Überreste unserer Mahlzeit schön wieder einpacken, und dann werde ich deine Füße verarzten.“

„Kannst du das denn?“

„Klar! Katrin kann alles!“ Sie sammelte Eier- und Apfelsinenschalen ein und tat sie in das leere Butterbrotpapier, steckte es zusammen mit der Umhüllung der Schokolade in ihren Rucksack. Dann stand sie auf.

„Wo willst du hin?“ fragte Ruth.

„Etwas erkunden . . .“

„Ach, bitte, bitte, laß mich nicht alleine!“

„Habe ich ja gar nicht vor, Ruthchen. Mir ist nur, als ob ich ganz in der Nähe etwas plätschern hörte!“

Katrin bahnte sich einen Weg durch das Unterholz. „Tatsächlich“, rief sie zurück, „ein süßes kleines Bächlein! Mir nach, Ruth, und bring die Gläser mit! Die können wir hier gleich auswaschen.“

Es war nicht gerade angenehm, barfuß durch das Unterholz zu spazieren. Ruth spürte jeden dürren Ast und jeden Dorn schmerzhaft in den Fußsohlen und wollte mehr als einmal stehenbleiben oder lieber zurückgehen. Aber, angefeuert von Katrins Ermunterungen, schaffte sie es schließlich doch.

„Fein gemacht“, lobte Katrin sie, „paß auf, nun setzt du dich hier auf diesen Stein und läßt deine Füße in das Wasser baumeln. Alles andere kannst du mir überlassen.“

Sie wusch die Gläser aus und stellte sie zum Trocknen auf, während Ruth ihre Füße in dem klaren, fließenden Bad kühlte. Es war ein richtig romantischer Platz, den Katrin da entdeckt hatte. Die Kiesel glänzten frisch und bunt durch das Wasser, am Ufer blühten buttergelbe Sumpfdotterblumen, und Ruth entdeckte hinter dem großen Stein, auf dem sie saß, sogar ein paar Vergißmeinnicht. Sie wollte sie pflücken, aber Katrin riet ihr ab.

„Es wäre schade drum", sagte sie, „bis wir zu Hause sind, wären sie bestimmt hin."

„Aber hier sieht sie niemand."

Ruth kühlte ihre Füße

„Das ist denen sicher egal. Sie freuen sich, daß sie blühen dürfen, mehr wollen sie ja gar nicht." Katrin sammelte die Gläser ein und erhob sich. „Ich bin gleich wieder da", sagte sie, „aber wenn du Angst hast, kann ich ja singen. Dann hörst du mich die ganze Zeit."

„Ach, bitte, ja!"

Katrin öffnete ihren großen Mund und begann laut zu grölen. „Denn im Wald da sind die Ro-häuber, die Ro-ho-häuber, die Ro-ho-ho-häuber . . ." Sie stiefelte durch das Unterholz zur Bank zurück.

Sehr bald war sie wieder beim Bach und brachte Ruths Rucksack und ihre eigene Windjacke mit.

„Dein Gesang war zwar nicht schön, aber sehr tröstlich", sagte Ruth.

„Melodisch sollte er ja auch nicht sein", sagte Katrin, ließ sich Ruth gegenüber nieder und breitete ein großes weißes Taschentuch auf dem Boden aus. „So, stell deine Füße darauf ... erst mal einen von beiden, damit ich ihn abtrockne."

„Aber sie sind noch nicht sauber!"

„Macht nichts. Das Taschentuch läßt sich kochen." Behutsam trocknete sie Ruths Füßchen ab und betrachtete dann mit wichtiger Miene die dicke Blase an der Ferse. „Ein ganz schönes Ding ist das!"

„Willst du es aufstechen?"

„Du bist wohl verrückt geworden! Blasen sticht man niemals auf. Sag mal, lebst du auf dem Mond?"

„Ich habe keine Erfahrung mit so etwas."

„Dann schreib es dir von nun an hinter die Ohren. Wenn man eine Blase aufsticht, kann man sich die schönste Blutvergiftung holen. Nein, das machen wir anders." Sie holte aus der Brusttasche ihrer Windjacke ein Pflasterheftchen, nahm noch einmal kritisch Maß an Ruths Blase und löste dann das entsprechende Pflaster heraus, zog die Papiere über der Klebeschicht ab und setzte es behutsam, damit es keine Falten warf, auf Ruths Ferse.

„Dieses wäre der erste Streich ..." sagte sie und half Ruth in den einen Strumpf und dann in den Schuh.

Danach versorgte sie die Blase am anderen Fuß, die zum Glück nicht so groß war, auf die gleiche Weise. „Nun versuch mal, ob du wieder laufen kannst!"

Ruth erhob sich und setzte zögernd einen Fuß vor den anderen; sie strahlte auf. „Tatsächlich ... jetzt geht es viel besser!"

„Da siehst du! Und wenn du das nächste Mal neue Schuhe zu einer Wanderung anziehst ..."

„Nie wieder! Das schwöre ich dir!"

„Für den Fall des Falles will ich dir trotzdem einen Tip geben: kleb von vornherein an die Stellen, wo es drücken könnte, dicke Pflaster, die verhindern die Reibung, und dann wirst du erst gar nicht wund."

„Ach, Katrin", sagte Ruth bewundernd, „was du nicht alles weißt."

Katrin wurde, wie immer, wenn sie gelobt wurde, ein bißchen verlegen. „Ja, wenn du mich und all die kleinen Kartoffeln nicht hättest", sagte sie, „dann müßtest du immer große essen!"

„Ruth, Ruth! Leonore!" riefen vom Weg herüber laute Mädchenstimmen. „Silvy, Katrin, wo steckt ihr denn?"

Katrin legte beide Hände wie einen Schalltrichter vor den Mund. „Wir kommen schon!" brüllte sie zurück. Sie half Ruth bei dem beschwerlichen Weg durch das Unterholz. „Na, was ich dir gesagt habe, Mohrchen hat eine Abordnung geschickt, um uns zu holen."

Die Abordnung bestand aus Olga und der semmelblonden Else Hähnlein, und die beiden zeigten sich gar nicht erfreut, die verlorenen Schäflein wiedergefunden zu haben.

„Da seid ihr endlich! Euretwegen haben wir den ganzen Weg zurück latschen müssen!" sagte Else.

„Wir sind stocksauer", erklärte Olga.

„Tut mir leid für euch", gab Katrin unbekümmert zur Antwort, „solltet ihr euch mal verirren, sind wir zu Gegendiensten immer bereit."

„Wo sind denn die anderen?" fragte Else.

„Da entlang!" sagte Ruth und wies auf den Weg, der mit den roten Punkten markiert war.

„Warum?" fragte Olga dumm.

„Weil sie annahmen, daß er zur Auer Mühle führt", berichtete Katrin, „da ihr ihnen aber unterwegs nicht begegnet seid, müssen sie sich wohl geirrt haben."

„Die sind einfach drauflos marschiert? So ein Wahnsinn."

„Du sagst es", bestätigte Katrin.

„Und was machen wir jetzt?" fragte Else. „Wir können denen doch nicht bis wer weiß wohin nachlaufen!"

„Nein", sagte Katrin, „aber wenigstens sollten wir ein Stück hinterhergehen, vielleicht kommen sie ja schon wieder zurück."

„Ich nicht!" rief Ruth. „Auf keinen Fall!"

„Beruhige dich, Ruthchen, ich mache es schon allein. Schone deine Füße, und ihr beiden ruht euch auch ein bißchen aus. Ich bin spätestens in zehn Minuten wieder zurück."

Aber dann dauerte es doch eine Viertelstunde, bis sie wieder auftauchte. „Entschuldigt, bitte", sagte sie, „aber ich habe mir dauernd eingebildet, hinter der nächsten Biegung müßten sie sein! Aber dann war es doch wieder Essig."

„Und was nun?" fragte Olga.

„Wir gehen zur Auer Mühle und erstatten Bericht", schlug Else vor.

„Ja, etwas anderes wird uns wohl nicht übrig bleiben", sagte Katrin.

„Du lieber Himmel", seufzte Ruth, „Mohrchen wird uns ganz schön anfauchen."

„Das ist noch nicht das Schlimmste", erklärte Katrin, „versetzt euch mal in ihre Lage. Auf dem Wandertag zwei Schülerinnen verlieren, das ist schon ein dicker Otto. Nein, Freunde, ich möchte nicht in Mohrchens Haut stecken. Lieber nehme ich alle Schimpfe auf mich."

Reichlich bedrückt zottelten die vier den Wanderweg, der mit den schwarzen Strichen bezeichnet war, in Richtung Auer Mühle los.

Abenteuer im Wald

Silvy und Leonore aber waren inzwischen immer tiefer in den Wald hineingelaufen, und es war ungefähr zu der gleichen Zeit, als die anderen sich endlich auf den richtigen Weg zur Auer Mühle machten, daß sie zum ersten Mal stehenblieben, sich ansahen und es ihnen dämmerte, daß sie einen großen Fehler gemacht hatten.

„Ob wir wirklich hier richtig gehen?" fragte Leonore.

„Aber ja doch", behauptete Silvy, der nichts schwerer fiel, als einen Fehler zuzugeben, „ich habe andauernd auf die Markierungen geachtet. Sieh mal, da vorne ist wieder so ein roter Punkt."

„Das bedeutet doch nichts, solange wir nicht wirklich wissen, wohin die roten Punkte führen."

„Jetzt will ich dir mal was sagen", rief Silvy ganz empört, „wenn du kein Vertrauen mehr zu mir hast, kannst du ja umkehren."

„Allein? Nein, Silvy, sei nicht stur, begleite mich. Bitte."

„Kommt überhaupt nicht in Frage. Ausgerechnet jetzt, wo wir schon so weit sind? Wahrscheinlich haben wir in den nächsten fünf Minuten die Auer Mühle erreicht."

„Glaubst du das wirklich, Silvy? Oder willst du mir nur Mut machen?"

Diesmal dauerte es ziemlich lange, bis Silvy antwortete, und dann sagte sie nur: „Ich hoffe es."

Leonore hakte sofort ein. „Sicher bist du also nicht?"

„Aber Menschenskind", schrie Silvy, „woher sollte ich denn sicher sein?! Ich bin ein einziges Mal in meinem Leben bei der Auer Mühle gewesen, und damals war ich genau sieben Jahre alt. Da kannst du doch keine Garantie von mir verlangen, daß wir auf dem richtigen Weg sind."

„Aber vorhin", sagte Leonore, „als du mich überredet hast, mitzukommen, da warst du noch ganz sicher."

„Ich habe dich nicht überredet! Nie!" Silvy hob einen alten Tannenzapfen auf und schleuderte ihn zwischen die Bäume. „Du warst es, die mich verrückt gemacht hat mit deinem Gerede, daß du unbedingt rechtzeitig in der Stadt zurück sein müßtest, weil deine Mutter dich erwartet."

Leonore holte tief Atem. „Silvy", sagte sie begütigend, „laß uns doch nicht rechthaberisch sein ..."

„Bin ich nie!"

„Wir haben eben beide einen Fehler gemacht. Es ist doch egal, wer mehr schuld daran war. Wichtig ist doch nur, daß wir es inzwischen kapiert haben. Laß uns umkehren."

„Damit die anderen uns auslachen!? Niemals."

„Aber, Silvy, das ist doch völlig wurst, was die anderen über uns denken. Die sind ja auch nicht solche Genies, daß sie niemals etwas falsch machen würden. Wenn du willst, können wir ihnen einen Bären aufbinden ... uns etwas Tolles ausdenken, was wir angeblich unterwegs erlebt hätten. Dann werden sie uns um unsere Extratour beneiden."

Silvy warf Leonore einen langen Blick zu, dann straffte sie die Schultern und marschierte weiter. „Das Schlimme bei dir ist", sagte sie verächtlich, „daß du nicht richtig denken kannst."

Leonore mußte ein paar Schritte laufen, um wieder an ihre Seite zu kommen. „Was soll das nun wieder heißen?"

„Höchst einfach. Wirf mal einen Blick auf deine Armbanduhr. Wie spät ist es?"

„Elf vorbei."

„Und um wieviel Uhr haben wir uns von den anderen getrennt? Was meinst du?"

„Das muß etwa eine halbe Stunde her sein. Ich erinnere mich noch, daß Katrin sagte, es wäre ja noch gar nicht spät, erst halb elf."

„Und nun, mein lieber Watson, rechne zwei und zwei zusammen, wenn es dir möglich ist!"

Leonore war verwirrt. „Ich weiß wirklich nicht, worauf du hinaus willst!“

„Also stimmt es, was ich vorhin gesagt habe ... du kannst nicht denken! Eine halbe Stunde haben wir bis hierher gebraucht, folglich brauchen wir auch eine halbe Stunde für den Rückweg bis zur Kreuzung. Mindestens, denn wir sind nicht mehr frisch und gehen langsamer als zu Anfang. Also ...“ Silvy machte eine Pause, um Leonore Gelegenheit zu geben, den Satz zu ergänzen.

„Wir sind, wenn wir wieder auf die anderen stoßen, eine Stunde fort gewesen“, erklärte Leonore prompt.

„Falsch“, behauptete Silvy.

„Na, sagen wir, eine gute Stunde ... eine Stunde und zehn Minuten im Höchstfall.“

„Wieder falsch!“

„Ja, wenn du wie eine Verrückte immer weiter in die verkehrte Richtung läufst, kann ich unmöglich ausrechnen ...“

„Herrgott, ist das denn wirklich so schwer?“ rief Silvy in einem Ton, der einer verknöcherten alten Gouvernante alle Ehre gemacht hätte. „Deine Schlußfolgerung stimmt nicht, Leonore! Oder bildest du dir etwa wirklich ein, daß die anderen noch an der Kreuzung sitzen werden, wenn wir nach einer guten Stunde zurückkommen?“

Leonore war ganz verdonnert. „Nicht?“ fragte sie.

„Natürlich nicht!“ schrie Silvy erbost. „Inzwischen wird Mohrchen längst jemanden geschickt und sie abgeholt haben.“

Leonore schossen die Tränen in die Augen. „Du hast es also gewußt“, sagte sie mit erstickter Stimme, „du hast genau gewußt, daß Katrin recht hatte ... daß Mohrchen uns suchen lassen würde ... und trotzdem, trotzdem hast du mich überredet ... hast du mir vorgemacht ...“

„Weil du es so eilig hattest! Begreifst du denn nicht? Ja, ich war sicher, daß Katrin recht hatte, aber ich dachte, wenn wir gleich losliefen, würden wir eher als sie bei der Auer Mühle sein. Und das eine sage ich dir! Mach mir jetzt bloß keine Vorwürfe, sonst knallt's! Du warst es nämlich, die so nervös war, die es nicht abwarten konnte, die mich gedrängt hatte, irgend etwas zu unternehmen ... du, Leonore! Wenn du nicht verrückt gespielt hättest, wäre ich niemals auf die Idee gekommen, mich in dieses Abenteuer zu stürzen."

„Oh, Silvy, Silvy, weißt du denn überhaupt, was du da sagst?"

Jetzt sprangen tatsächlich die hellen Tränen aus Leonores Augen.

„Natürlich weiß ich das. Ich bin doch nicht schwachsinnig."

„Du weißt es nicht, Silvy, sonst würdest du nicht weiter rennen!"

Wie auf ein Kommando blieb Silvy stehen. „Was soll denn das nun wieder heißen?"

„Du hast eben bewiesen, daß wir uns verirrt haben, und hast es nicht einmal gemerkt!"

„Wieso? Das ist doch noch gar nicht raus."

„Doch, Silvy! Denn wenn du damit rechnest, daß Mohrchen eine aus unserer Klasse zurückgeschickt hat, um uns zu suchen, dann müßte sie uns längst begegnet sein. Wenn dies der Weg zur Auer Mühle wäre. Aber er ist es nicht."

Silvys Gesicht war lang und länger geworden, und dann sagte sie etwas, was sie ungeheuere Überwindung kostete: „Kruzitürken, du hast recht."

Leonores Tränen versiegten, sie wischte sich mit dem Handrücken über die Augen und sagte aufatmend: „Bin ich froh, daß du es endlich einsiehst."

Aber Silvys Gesicht blieb düster. „Na und? Was nutzt uns das?"

„Wir wissen jetzt, daß wir zurück müssen. Wir haben gar keine andere Wahl. Wenn wir Glück haben, wartet doch noch jemand an der Kreuzung auf uns. Katrin wird vielleicht einen Posten aufgestellt haben, und wenn nicht, können wir ja immer noch bis zur Busstation gehen. Irgendwann müssen die anderen ja wieder dorthin kommen."

„Ja", sagte Silvy, „und dann stehen wir beide da wie zwei arme Würstchen, lassen uns von Mohrchen zurechtstauchen und von den anderen erzählen, wie herrlich es bei der Auer Mühle war."

„Aber ich habe dir doch schon vorhin vorgeschlagen, wir können uns etwas ausdenken . . ."

„Können wir das? Können wir das wirklich? Nein, Leonore. Ich kann nicht lügen, und du hast keine Phantasie. Ja, Katrin würde mit Leichtigkeit etwas erfinden, daß sich die Balken biegen, aber ich bin nicht Katrin, und ich möchte auch niemals so sein."

„Dann erzählen wir einfach, wie es wirklich war. Es ist doch keine Schande, daß wir uns verlaufen haben."

Silvy reichte Leonore die Hand und sagte mit Grabesstimme: „Lebe wohl. Nein, nein, ich bin dir nicht böse, aber es hat keinen Sinn, wenn wir noch mehr Zeit mit nutzlosen Diskussionen vertrödeln. Es ist besser, jede tut das, was sie für richtig hält."

Leonores immer noch tränennasse Augen wurden rund vor Entsetzen. „Du willst mich doch nicht etwa allein lassen? Mitten im Wald?"

„Es kann dir nicht das geringste passieren, Leonore. Du brauchst nur auf die dir inzwischen wohl weidlich bekannte rote Markierung zu achten, dann landest du unweigerlich an der Straße, die zur Endstation vom Bus führt, also genau dahin, wo wir ausgestiegen sind."

„Und du?"

„Ich werde mir etwas anderes ausdenken."

„Was?"

„Das werde ich dir nicht auf die Nase binden. Du würdest dich doch nur darüber aufregen und versuchen, mich davon abzuhalten undsoweiter undsofort. Aber davon habe ich genug. Ich weiß, was ich zu tun habe. Der Starke ist am mächtigsten allein." Silvy drehte sich auf dem Absatz um und marschierte weiter.

Leonore stand einen Augenblick unschlüssig. Sie sah Silvy nach, die sich hoch erhobenen Hauptes entfernte, und sie kam sich auf einmal sehr klein und verlassen vor. Am liebsten wäre sie der Freundin nachgelaufen.

Aber noch war ihre Vernunft stärker. Sie wußte, daß sie jetzt nur die Augen offen halten mußte und den Weg zurück dann gar nicht mehr verfehlen konnte. Es war ihr auch ganz gleich, ob die anderen sie auslachen oder Frau Dr. Mohrmann mit ihr schimpfen würde. Wichtig war nur, daß sie heil und gesund aus diesem Wald herauskam und möglichst rechtzeitig die Stadt erreichte, um ihre Mutter im Krankenhaus besuchen zu können.

Sie wandte sich zögernd um und machte sich auf den Rückweg. Doch wohl fühlte sie sich nicht dabei. Durfte sie Silvy denn so einfach mitten im Wald verlassen? Was sollte sie Frau Dr. Mohrmann antworten, wenn sie sie nach Silvy fragen würde? War es nicht Verrat, was sie da tat?

Leonore schüttelte den Kopf. Nein, versuchte sie sich einzureden, das ist doch alles Unsinn. Was könnte ich denn für Silvy tun. Sie weiß doch genau Bescheid, und trotzdem rennt sie in die verkehrte Richtung. Sie ist einfach unbelehrbar, und im Grunde hat sie einen kleinen Denkzettel bestimmt verdient.

Sie warf einen Blick über die Schulter. Silvys blonder Haarschopf war hinter einer Biegung des Weges verschwunden. Leonore war allein, mutterseelenallein, und der Frühlingswald, der eben noch hell und freundlich gewesen war, wirkte riesenhaft, undurchdringlich und bedrohend.

Leonore Müller war kein Angsthase, aber sie war ein Großstadtkind und noch nie zuvor in ihrem Leben ganz allein in einem Wald gewesen. Schon die Stille wirkte auf ein Ohr, das an Autohupen und quietschende Bremsen gewöhnt war, geradezu unheimlich. Die Blätter der Bäume bewegten sich ganz sachte, und das Zwitschern der Vögel schien ängstlich zu klingen, so ängstlich, wie Leonore sich fühlte.

„Tak, tak, tak", machte es irgendwo, ganz in der Nähe.

Mit einem Aufschrei raste Leonore davon

Leonores Herz setzte einen Schlag lang aus.

Was war das? Vielleicht ein Specht? Sie wußte es nicht, sie hatte noch nie einen Specht klopfen gehört. Sie blieb ganz still stehen und hielt den Atem an.

Da war es wieder, das „Tak, tak, tak", und nun kam noch etwas anderes hinzu, ein Geräusch im Unterholz, ein schnaubendes Atmen.

Leonore zwang sich, weiterzugehen. Sie ballte die Hände zu Fäusten und lauschte angestrengt.

Ihr war es, als wenn sich schleichende Schritte neben ihr im Dickicht vorwärts bewegten, und das schnaubende Atmen wurde lauter. Sie wagte, ohne den Kopf zu wenden, einen Seitenblick aus den Augenwinkeln. Ja, da neben ihr bewegte sich etwas!

Sie nahm es nur für den Bruchteil einer Sekunde wahr, dann war es um ihre Fassung geschehen.

Mit einem Aufschrei drehte sie sich um. „Silvy! Silvy!" Sie raste der Freundin nach.

Silvy saß, knappe hundert Meter weiter, auf einem Baumstumpf und malte mit einem Stock seltsame Kreise und Zeichen auf den Boden. „Nanu", fragte sie mit gespieltem Gleichmut, als sie Leonore heransausen sah, „schon wieder da?"

„Oh, Silvy, mir ist etwas Entsetzliches passiert! Ein Geräusch im Unterholz... jemand oder etwas hat sich bewegt..."

„Das glaub' ich dir gerne", antwortete Silvy ungerührt, „im Wald regt und bewegt sich dauernd etwas."

„Oh, Silvy, wenn wir bloß schon bei den anderen wären!"

„Ich für mein Teil", sagte Silvy und erhob sich, „werde es in zehn Minuten sein."

„Das verstehe ich nicht."

„Ich habe auch nicht die Absicht, es dir zu erklären."

„Bitte, Silvy, nimm mich mit!"

Silvy musterte die Freundin, die dünnen Augenbrauen hochgezogen, von oben bis unten. „Nur, wenn du mir schwörst, mir keine dummen Fragen zu stellen."

„Ich schwöre es."

„Und mir keine Vorwürfe zu machen, wenn es schief gehen sollte."

Leonore hatte eine bange Frage schon auf der Zunge, aber sie schluckte sie hinunter; alles schien ihr besser, als sich noch einmal allein durchschlagen zu müssen. „Ich schwöre es."

„Na dann. Von mir aus. Komm mit." Silvy warf einen Blick zum Himmel, sprang dann über den schmalen Graben, der den Weg vom Wald trennte, und marschierte geradewegs ins Unterholz.

„Silvy, was soll das? Wo willst du hin?" rief Leonore ganz verdutzt.

„Du hast geschworen, mir keine dummen Fragen zu stellen."

„Aber die Frage ist ja gar nicht dumm, ich muß doch wissen, was ..."

„Komm mit. Ich erkläre es dir unterwegs."

Noch einmal hatte Leonore die Wahl, doch der Schreck saß ihr noch zu sehr in den Gliedern, als daß sie ruhig hätte überlegen können. So folgte sie Silvy in das Dickicht hinein.

„Bravo", sagte Silvy, die nicht zugeben wollte, wie froh sie selber war, daß sie wieder Gesellschaft hatte, von oben herab, „anscheinend bist du doch nicht so eine Transuse, wie ich gedacht hatte. Bleib mir nur immer dicht auf den Fersen, dann kann dir gar nichts passieren."

„Ja", sagte Leonore atemlos.

Das Gestrüpp war nicht so dicht, wie es vom Weg aus gewirkt hatte, und sie kamen tatsächlich ganz gut voran.

Erst als sie eine kleine Lichtung erreichten, wagte Leonore wieder eine Frage. „Du wolltest mir doch erklären, Silvy ..."

„Ach ja. Das ist höchst einfach. Ich wundere mich, daß du nicht von dir aus darauf gekommen bist ..." Sie legte eine Kunstpause ein, aber Leonore blieb stumm.

„Nun, ich habe errechnet", fuhr Silvy fort, „daß die Auer Mühle von der großen Kreuzung aus in Richtung Süden gelegen hat, wir aber sind nach Westen gelaufen. Wenn wir den ganzen Weg zurückgehen würden, müßten wir einen riesigen Umweg machen. Quer durch den Wald brauchen wir uns jetzt nur in Richtung Süden zu halten, dann müssen wir auf die Auer Mühle stoßen."

„Woher weißt du denn, wo Süden ist?"

„Ich bitte dich, guck doch mal zum Himmel! Das sieht man doch am Stand der Sonne."

„Ich nicht."

„Mach dir nichts draus, Leonore", erklärte Silvy gönnerhaft, „dafür hast du ja mich." Und sie stapfte weiter.

Glaubte Leonore an Silvys pfadfinderische Fähigkeiten? Das wäre entschieden zuviel behauptet. Aber sie verbiß sich dennoch jede Kritik, weil sie begriff, daß es nichts nutzte, aber sehr viel schaden konnte, wenn sie Silvy unsicher machte.

Sie konnte ja nicht ahnen, daß Silvy sich noch nie zuvor in ihrem Leben so unsicher gefühlt hatte wie gerade jetzt, das aber um keinen Preis zugeben wollte. Sie war nur deshalb auf die Idee verfallen, sich querwaldein durchzuschlagen, weil sie Leonore imponieren und nicht einmal vor sich selber zugeben wollte, daß sie nicht weiter wußte. Irgendwann und irgendwo, so hoffte sie, würde sie schon wieder auf einen Weg stoßen, und genau das gleiche hoffte auch Leonore. Sie waren jetzt beide schon so erschöpft und auch so verzweifelt, daß sie nicht einmal mehr die Kraft aufbrachten, sich zu streiten, sondern verbissen weiterstapften.

Das dicke Ende

Sie hatten sich ein ganzes Stück vorangekämpft, als Silvy plötzlich stehen blieb. „Da! Horch mal!" rief sie.

Auch Leonore stoppte. Beide Mädchen spitzten die Ohren und lauschten den hellen Stimmen, die näher und näher zu kommen schienen. Jetzt verstanden sie sogar die Worte.

„Wir wollen zu Land ausfahren“, ertönte es in vielstimmigem Gesang, „wohl über die Flure weit ... aufwärts zu den klaren ... Gipfeln der Einsamkeit ...“

„Unsere Klasse!“ schrie Leonore.

Mit neuer Kraft stürzten sie in die Richtung, aus der der Gesang herüberklang.

„... und wer die blaue Blume finden will, der muß, ein Wandervogel sa-hein, ein Wandervogel sein!“

Wieder blieb Silvy stehen, aber diesmal so plötzlich und mitten im Lauf, daß Leonore gegen sie prallte.

„Nein“, sagte Silvy, „das sind Jungen!“

„Und wenn schon! Hauptsache, es sind Menschen!“

„Jungen sind keine Menschen.“

„Sag mal, bist du völlig übergeschnappt?“

„Nein, ich bin ganz normal, und deshalb denke ich nicht daran, mich vor einer Herde von Jungen lächerlich zu machen. Aber du, du weißt ja vor lauter Angst nicht mehr, was du tust! Du hast geradezu ... panische Angst hast du!“

„Nein! Ich bin nur froh, daß endlich, endlich jemand in der Nähe ist, den ich nach dem Weg fragen kann!“ Mit neu erwachter Energie stieß Leonore die Freundin zur Seite und arbeitete sich in Richtung der Stimmen hindurch, die inzwischen die zweite Strophe des Liedes angestimmt hatten.

Jetzt war es Silvy, die hinter ihr her rannte. „Leonore, bitte! Nimm doch Vernunft an! Du willst uns doch nicht so blamieren! Wir können den Jungen ja unauffällig folgen, wenn du dich dann sicherer fühlst, aber bitte, bitte ...“

„Nein!“ Leonore entriß ihren Arm Silvys Zugriff. „Ich denke nicht daran!“

„Nanu!“ rief eine männliche Stimme sehr nahe bei ihnen. „Was kraucht denn da im Busch herum? Ich denk, es ist Napoleum?“

Ein Gelächter der Jungen klang auf, die Büsche taten sich auseinander, und ein junger Lehrer in Lodenjoppe stand vor ihnen.

„Kommt heraus, ihr beiden", sagte er, „oder sind noch mehr von euch da?"

Leonore trat sofort auf den Weg, und auch Silvy folgte wohl oder übel dem Kommando. Eine ganze Jungenklasse stand vor ihnen, und alle lachten, als wären sie Zuschauer bei einer Kasperletheatervorstellung.

„Was ist denn an uns so komisch?" fauchte Silvy.

„Da!" sagte der Lehrer und hielt ihr einen Taschenspiegel hin. „Vielleicht überzeugst du dich selber!"

Silvy hätte sich fast nicht wiedererkannt. Ihr aschgraues Haar war zerzaust und hing voller Blätter und kleiner, abgeknickter Ästchen, sie hatte einen grasgrünen Flecken auf der spitzen Nase und eine dicke Schramme quer über der Wange. Sie warf einen Blick auf Leonore und stellte fest, daß die Freundin nur wenig besser aussah.

„Wo seid ihr ausgerissen?" fragte der Lehrer.

Die Jungen brüllten vor Lachen

„Ausgerissen? Überhaupt nicht! Wir haben uns nur verirrt!“ erklärte Silvy.

Die Jungen lachten wieder wie über einen tollen Witz.

„Das kann doch jedem passieren!“ rief Leonore.

„Also, ich weiß nicht“, sagte der Lehrer, „ich finde, es gehört doch schon einiges dazu, sich ausgerechnet hier im Forst zu verirren! Habt ihr denn noch nie etwas von Wanderwegen und Markierungen gehört?“

„Natürlich haben wir das“, sagte Silvy und versuchte, sich mit Taschentuch und Spucke den grünen Flecken von der Nase zu reiben, „aber wir haben eben zu spät darauf geachtet . . .“

„Und da habt ihr es vorgezogen, euch quer durchs Unterholz zu schlagen?“

Die Jungen brüllten vor Lachen.

Silvy strich sich Blätter und Ästchen aus dem Haar und erklärte mit Würde: „Jedenfalls freuen wir uns, auf diese Weise zur allgemeinen Belustigung beitragen zu dürfen . . .“

Der Lehrer winkte seinen Jungen zu, ihre Fröhlichkeit einzudämmen. „Ich bitte dich“, sagte er, „nun sei doch nicht gleich eingeschnappt! Ihr wart wirklich ein urkomischer Anblick, als ihr da im Gestrüpp herumkrocht. Wir hofften schon, auf ein Rudel Wild gestoßen zu sein.“

„Bei dem Gesang“, gab Silvy patzig zurück, „wäre selbst das zahmste Reh scheu geworden.“

Der Lehrer war nicht beleidigt; er lachte nur. „Eins zu Null für dich! Nun sagt einmal, wie ihr heißt . . . zu wem ihr gehört und wohin ihr wollt!“

„Zur Auer Mühle“, sagte Silvy, die es vorzog, die Parkschule nicht in diese Angelegenheit hineinzuziehen.

„Das darf doch nicht wahr sein! Die Auer Mühle liegt genau entgegengesetzt! Gute sieben Kilometer von hier entfernt.“

„Aber es muß doch einen Weg dorthin geben“, sagte Leonore, „egal, wie weit es ist . . . wir müssen zu unserer Klasse!“

„Vielleicht ist es besser, wenn ich eure Lehrerin anrufe, damit sie sich keine Sorgen um euch macht.“

„Ist ein Telefon in der Nähe?" fragte Silvy. „Dann können wir das selber besorgen."

„Ihr wollt mir also absolut nicht verraten, wer ihr seid?"

„Dazu sehen wir keinen Anlaß. Schließlich wollen wir nichts weiter als eine kleine Auskunft. Wenn Sie uns die nicht geben wollen, werden wir eben weiter allein unser Glück versuchen."

„Hoppla, hoppla", sagte der Lehrer, „nun mal nicht so hitzig. Aber du hast recht, zuerst müssen wir uns wohl vorstellen." Er machte eine formelle Verbeugung. „Gestatten Sie? Doktor Becker vom Humboldt-Gymnasium."

„Auch das noch", sagte Silvy, der blitzartig einfiel, daß Olgas Brüder das Humboldt-Gymnasium besuchten. Sie faßte Leonore bei der Hand, „komm! Wir hauen ab!"

„Halt! Hiergeblieben! Das kommt überhaupt nicht in Frage!" rief Dr. Becker.

Silvy und Leonore kamen nur wenige Schritte weit, da wurden sie von den Jungen eingeholt und umringt.

Dr. Becker bahnte sich einen Weg zu ihnen. „Also habe ich doch recht gehabt! Ihr seid Ausreißerinnen! Wollt ihr jetzt die Wahrheit sagen . . . oder soll ich euch höchstpersönlich bei der Polizei abliefern?"

Silvy und Leonore sahen sich an; das war eine verzwickte Situation. Gerade als sie sich darüber klar geworden waren, daß ihnen unter diesen Umständen doch nichts anderes übrig blieb, als Farbe zu bekennen, meldete sich ein Junge aus dem Hintergrund.

„Nicht nötig, Herr Doktor", sagte er, „ich kenne die beiden. Sie sind aus der sechsten Klasse der Parkschule."

Alle Köpfe fuhren zu ihm herum. Silvy und Leonore erkannten Ulrich, Olgas Bruder, und neben ihm stand auch noch der blonde Gerd, den er zu Leonores geplatzter Geburtstagsparty hatte mitbringen wollen.

„Schreck, laß nach!" sagte Silvy unterdrückt, denn ihr war klargeworden, daß ihr schmähliches Abenteuer nun unweigerlich die Runde durch die ganze Klasse machen würde.

Dr. Becker schien nichts von ihrem Entsetzen zu merken. „Na, famos", sagte er nur, „zufällig weiß ich, daß auch die Parkschule heute Wandertag hat. Damit seid ihr beide also glänzend rehabilitiert."

„Würden Sie uns jetzt, bitte, sagen, wie wir gehen müssen?" fragte Leonore.

Der Lehrer strich sich über sein glattrasiertes Kinn. „Das könnte ich schon", sagte er, „aber ich fürchte, bei eurem mangelnden Orientierungssinn würdet ihr euch bestimmt wieder verlaufen." Er wandte sich an die Klasse. „Jungens, wer von euch ist so nett, die beiden Damen auf den richtigen Weg zur Auer Mühle zu bringen?"

Keiner meldete sich. Unter normalen Umständen hätte sich sicher der eine oder der andere gern bereitgefunden, den beiden Mädchen zu helfen, vor allem, wenn nicht mehr verlangt wurde als ein Spaziergang. Aber so, vor der ganzen Klasse, war das etwas anderes. Jeder fürchtete, den Spott der Klassenkameraden auf sich zu ziehen.

„Ulrich, dann sei du so gut", bestimmte Dr. Becker, „du kennst doch die Mädchen."

„Kennen ist übertrieben", brummte Ulrich, „ich weiß nur, wer sie sind."

„Das ist auch schon etwas wert. Also, komm her, ich werde dir auf der Wanderkarte ganz genau zeigen, wie ihr gehen müßt. Vielleicht nimmst du noch einen Freund mit ... ja, Gerd, es ist sehr anständig von dir, daß du Ulrich begleiten willst." Dr. Becker faltete seine Wanderkarte auseinander. Gerd und Ulrich stellten sich neben ihn und blickten hinein, während er ihnen den richtigen Weg zeigte. Leonore und Silvy standen mit hängenden Köpfen da.

„Habt ihr mich genau verstanden?" fragte Dr. Becker die beiden Jungen.

„Aber klar, Herr Doktor", sagte Ulrich.

„Na schön, dann zieht los. Aber beeilt euch, wir können nicht bis in alle Ewigkeit auf euch warten." Er wandte sich an die Mädchen. „Und ihr beide, paßt nur ja auf, daß ihr nicht wieder verlorengeht. Ich werde vom Forsthaus aus Frau Doktor Mohrmann anrufen ... sie ist doch eure Klassenlehrerin, nicht wahr?"

„Jawohl, Herr Doktor", sagte Leonore, „und vielen Dank auch."

„Gern geschehen!"

Leonore machte einen kleinen Knicks, den Doktor Becker zur Freude der Jungen mit einer übertriebenen Verbeugung beantwortete. Silvy hielt es deshalb für richtiger, überhaupt nicht zu grüßen, sondern drehte sich, die spitze Nase hoch erhoben, einfach um.

Ulrich und Gerd waren inzwischen schon ein ganzes Stück voraus, und die Mädchen mußten laufen, um sie einzuholen.

„He, wartet doch! Warum rennt ihr denn so?" rief Silvy.

„Glaubt ihr etwa, wir hätten Lust, uns euretwegen den ganzen Tag zu versauen?!" gab Ulrich unfreundlich zurück.

„Eine Ausdrucksweise hast du, die kann wirklich einen Hund jammern."

„Wenn sie euch nicht paßt, könnt ihr ruhig allein gehen!" entgegnete Ulrich. „Wir verzichten gerne auf euch."

Silvy stampfte mit dem Fuß auf. „Na, dann verschwindet doch! Worauf wartet ihr noch?!"

„Aber, Silvy", sagte Leonore besänftigend, „die beiden sollen uns doch zur Auer Mühle bringen!"

„Als wenn wir da nicht allein hinfänden", behauptete Silvy, „ich habe genau aufgepaßt, wie Doktor Becker den Weg erklärt hat ..."

„Silvy!" rief Leonore. „Nicht schon wieder! Ich habe genug von deiner Rechthaberei!"

„Und ich von dir schon lange! Wenn du dich den Jungen nicht entgegengestürzt hättest, hätten wir uns die ganze Blamage ersparen können."

„Ja, und krabbelten wahrscheinlich immer noch im Unterholz herum!"

„Ach, Unsinn", zischte Silvy, „wir wären ihnen einfach in einigem Abstand unauffällig gefolgt und hätten dann beim alten Forsthaus jemand Vernünftigen gefragt!"

Aber Leonore fühlte sich jetzt, in Begleitung der beiden großen Jungen, sicher und war nicht bereit, sich noch einmal mundtot machen zu lassen und nachzugeben. „Und ich bin froh, daß wir niemanden mehr zu fragen brauchen, daß du es nur weißt!" rief sie.

„Hör dir das an", sagte Ulrich zu seinem Freund, „ist das nicht grauenhaft? Weiber . . . ich kann dir sagen!"

Leonore versuchte, die beiden in ein friedliches Gespräch zu ziehen, aber sie ließen sich nicht darauf ein, ja, sie gingen mit solchen Riesenschritten voraus, daß ihr gar kein Atem mehr zum Reden blieb und sie froh sein mußte, überhaupt mitzukommen.

So marschierten sie denn alle vier stumm im Eilmarsch, an der Spitze Ulrich und Gerd, dahinter in einigem Abstand Leonore, und am Schluß des Zuges, mit ihrem allerhochnäsigsten Gesicht, Silvy.

Nach einiger Zeit blieben die Jungen stehen, und Leonore, die schon glaubte, daß sie ihre schlechte Laune überwunden hätten, setzte ein strahlendes Lächeln auf — obwohl ihr die Füße inzwischen erbärmlich weh taten — und beeilte sich, sie einzuholen.

Aber niemand dachte daran, ihr Lächeln zu erwidern.

„So, hier wären wir", knurrte Ulrich.

Leonore sah sich um und stellte fest, daß sie eine Kreuzung erreicht hatten. „Aber wieso denn? Hier ist doch noch nicht die Auer Mühle!"

„Kluges Kind. Aber von jetzt an braucht ihr bloß den breiten Weg hier entlangzugehen, immer der Nase nach, der führt direkt hin. Selbst dem größten Idioten dürfte es nicht möglich sein, sich jetzt noch mal zu verirren."

„Da wir nur ganz kleine Idiötchen sind", sagte Leonore, „finden wir es bestimmt."

Diese Bemerkung entlockte den Jungen denn doch ein Lächeln oder wenigstens ein Grinsen.

„Also, macht's gut!" sagte Ulrich.

„Und laß es uns rechtzeitig wissen, wenn deine Party steigt!" fügte Gerd hinzu.

„Aber sicher! Vielen Dank fürs Bringen!" rief Leonore.

Silvy sagte vorerst gar nichts.

Erst als die Jungen sich zum Gehen gewandt hatten, erklärte sie — aber immer noch deutlich genug, daß sie es hören konnten —: „Wenn du die zu deiner Party einlädst, brauchst du mit mir nicht zu rechnen."

Leonore mußte sich auf die Lippen beißen, um ihr darauf nicht eine entsprechend unfreundliche Antwort zu geben. Statt dessen sagte sie: „Aber, Silvy, sei doch nicht so übelnehmerisch. Es war nicht angenehm für die beiden, daß sie uns bringen mußten. Und schuld daran waren ja doch wirklich wir."

„Nein, du!"

„Gut, dann also ich." Leonore wandte sich in die Richtung, die die Jungen ihr gewiesen hatten. „Streiten wir uns doch nicht, überlegen wir lieber, was wir den anderen erzählen wollen. Ich will nicht, daß sie uns auslachen."

„Das ist mir völlig egal. Die werden die Wahrheit ja doch erfahren, und dann stehen wir schön da."

„Weißt du was, Silvy", schlug Leonore vor, „am besten lachen wir einfach mit. Damit nehmen wir den anderen den Wind aus den Segeln."

„Kruzitürken!" rief Silvy unbeherrscht. „Verschon mich mit deinen guten Ratschlägen. Oder habe ich dich etwa darum gebeten, he?"

Nach diesem Ausbruch zog es auch Leonore vor, sich in Schweigen zu hüllen, und so gingen sie eine Weile, nicht nebeneinander, sondern hintereinander her, bis sie in einiger Entfernung ein ganzes Rudel Mädchen vor sich auftauchen sahen, in dem sie, nach einigen Schritten, ihre eigene Klasse erkannten. Sie blieben stehen und warteten ab, bis die anderen bei ihnen waren. Natürlich wurden sie mit großem Hallo begrüßt und mit tausend Fragen bestürmt.

„Laßt mich zufrieden", sagte Silvy scharf.

„Ich erzähle euch alles haarklein, wenn wir erst bei der Auer Mühle sind", versprach Leonore.

„Na, dann werden wir die Geschichte wohl nie zu hören kriegen", meinte Katrin, „wir kommen nämlich gerade von dort her und sind auf dem Weg zur Haltestelle."

Plötzlich wurde Silvy lebendig. „Was? Soll das heißen, daß der Ausflug schon beendet ist?!"

„Du sagst es", erklärte Katrin, „außerdem, wie du aussiehst, bist du für heute bestimmt genug gelaufen."

„Aber ich wollte mich doch endlich setzen ... und verschnaufen ... und meinen Proviant aufessen!"

„Das kannst du alles im Bus", sagte Ruth.

„Ich werde verrückt!" rief Silvy. „Ich werde platterdings verrückt!"

Jetzt war auch Frau Dr. Mohrmann herangekommen. „Deinem Verhalten am heutigen Tag nach", erklärte sie streng, „warst du es ja wohl schon vorher. Oder wie soll ich es mir sonst erklären, daß du, als du nicht mehr wußtest, wo du warst, blindlings in eine beliebige Richtung gelaufen bist? Allen Warnungen zum Trotz?"

„Ich dachte ... ich glaubte ..." stotterte Silvy, nun doch etwas erschrocken, denn sie hatte die Klassenlehrerin noch nie so zornig gesehen.

Frau Dr. Mohrmann ließ sie nicht ausreden. „Das kommt nur von deiner dummen Besserwisserei! Ich kann nur hoffen, daß dieser Tag eine Lehre für dich sein wird. Aber glaub nur nicht, daß der Fall für mich hiermit erledigt ist."

„Bitte, entschuldigen Sie", bat Leonore.

„Ich weiß, daß du nicht die treibende Kraft warst, Leonore. Trotzdem war auch dein Benehmen unverantwortlich. Glaubt nur nicht, daß die Sache erledigt ist. Der Fall wird noch ein Nachspiel haben."

Falscher Ehrgeiz

Das Nachspiel, das Frau Dr. Mohrmann angekündigt hatte, bestand darin, daß Silvy und Leonore einen ausführlichen Hausaufsatz über das schöne Thema schreiben mußten: „Wie verhalte ich mich richtig, wenn ich feststelle, daß ich mich verirrt habe oder von meiner Gruppe, beziehungsweise meiner Begleitung getrennt worden bin?“ Frau Dr. Mohrmann hatte sich zuvor in der Deutschstunde sehr deutlich zu diesem Problem geäußert.

Damit nicht genug, erhielten Silvy und Leonore je einen Tadel ins Klassenbuch wegen „undisziplinierten Verhaltens während des Wandertages“, und sie zitterten beide tagelang, ob Frau Dr. Mohrmann den Eltern von diesem Verweis schriftlich Mitteilung machen würde. Das aber tat sie zum Glück nicht.

Natürlich mußten die beiden sich darüber hinaus den Spott ihrer Freundinnen gefallen lassen und Katrins unvermeidliche Belehrungen. Olga trug zur allgemeinen Belustigung bei, indem sie sehr gestenreich und mit vielen Ausschmückungen garniert die Schilderung ihres Bruders wiedergab, wie die verirrten Mädchen aus dem Unterholz gebrochen und von den Jungen angeblich zuerst für zwei Wildschweine gehalten worden waren.

Es ist nicht verwunderlich, daß die beiden sich über diese Neckereien ärgerten.

Silvy kränkte sich übrigens entschieden mehr als Leonore, denn sie hatte sich in den Standpunkt verrannt, daß man ihr bitter Unrecht tat, während Leonore einsah, daß sie sich falsch verhalten hatte, und darauf verzichtete, die Hauptschuld auf die Freundin abzuladen, was nach Lage der Dinge ja sehr nahegelegen hätte.

Leonore hatte andere, größere Sorgen. Es hatte sich herausgestellt, daß ihre Mutter sehr viel länger im Krankenhaus bleiben mußte, als sie anfangs gedacht hatte. Das Bein war falsch zusammengewachsen, der Gips hatte abgenommen und der Knochen noch einmal gebrochen werden müssen. Da der Fall so kompliziert lag, durfte Frau Müller auch nicht mit dem neu eingegipsten Bein, wie es sonst üblich war, nach Hause, sondern mußte in klinischer Betreuung bleiben, auch als die Folgen der Gehirnerschütterung schon abgeklungen waren.

Für Frau Müller selber war das nicht gar so schlimm, denn sie hatte jetzt keine Schmerzen mehr, und obwohl sie ungeduldig war und sich Sorgen wegen ihrer Familie machte, genoß sie doch auf diese Weise einen Urlaub von ihren täglichen Pflichten, wie sie ihn sich ohne Zwang ganz sicher nie gegönnt hätte, obwohl sie ihn tatsächlich schon längst nötig gehabt hatte.

Die Hauptlast lag jetzt auf Leonores Schultern, die, nur mit Hilfe einer Putzfrau und der ziemlich unwilligen Unterstützung der Zwillingsbrüder, den Haushalt in Gang halten und immer wieder ins Krankenhaus jagen mußte, um die Mutter zu beruhigen und neue Anweisungen entgegenzunehmen.

So schien ihr, nachdem sich herausgestellt hatte, daß Frau Dr. Mohrmann darauf verzichtet hatte, die Eltern zu benachrichtigen, die ganze Aufregung reichlich kindisch, und sie setzte alles daran, Silvy zu ihrem Standpunkt zu bekehren. Aber damit biß sie bei der Freundin, die die Blamage nicht verwinden konnte, auf Granit. Silvy, der so viel daran lag, stets die erste Geige zu spielen, wollte sich mit dieser Schlappe nicht abfinden.

Noch stärker als früher setzte sie nun alles daran, die anderen auszustechen. Da sie sportlich nicht besonders auf der Höhe war, nicht die Hübscheste aus der Klasse und, obwohl sie als einziges Kind von ihren Eltern recht verwöhnt wurde, auch nicht die Schickste – Ruth und Olga waren ihr da weit voraus –, gab es nur ein Gebiet, auf dem sie sich hervortun konnte, nämlich im Unterricht. Sie lernte, bis ihr der Schädel brummte — nicht, weil sie sich wirklich für den Lehrstoff interessierte, sondern nur, um vor den anderen zu glänzen. In der Stunde flog ihr Finger immerzu in die Höhe, und am liebsten hätte sie niemand anderen zu Wort kommen lassen.

Aber Frau Dr. Mohrmann ließ es nicht zu, wenn eine der Schülerinnen sich so in den Vordergrund drängen wollte, und Silvy konnte sich melden, so oft sie wollte, aufspringen, fast nach vorne laufen und mit den Fingern schnalzen, sie wurde doch nicht öfter aufgerufen als die anderen. Das gab ihr wieder neuen Grund, sich zu ärgern.

„Mensch, was machst du denn für ein Gesicht?" fragte Katrin, als sie eines Tages nach der Deutschstunde zur großen Pause in den Hof hinunterschoben.

„Tu doch nicht so scheinheilig!" fauchte Silvy sie an. „Als ob du nicht genau wüßtest, was hier gespielt wird."

„Gespielt?!" Katrin riß die Augen auf. „Nee, ehrlich, keine Ahnung. Ich habe überhaupt nicht gemerkt, daß gespielt worden ist. Ich dachte, wir hätten gelernt."

„Spar dir deinen billigen Spott", zischte Silvy.

Katrin drehte sich zu Ruth und Olga um, die hinter ihr die Treppe herunterkamen. „Nun mal ehrlich! Könnt ihr mir erklären, was in unsere Pfadfinderin gefahren ist?"

Leonore legte ihren Arm um Silvys Schulter. „Hör auf mit deinen blöden Witzen, Katrin!" rief sie. „Die haben doch längst so einen Bart!"

„Vielleicht ärgert Silvy sich, daß Mohrchen sie nicht groß werden läßt", mutmaßte Ruth.

Silvy schüttelte Leonores Arm von ihrer Schulter. „Tut doch nicht so, als wenn ihr nicht längst alle gemerkt hättet, daß sie einen Piek auf mich hat!"

„Wer?" fragte Olga. „Ehrlich, kommt ihr da mit?"

„Silvy bildet sich ein, daß Mohrchen sie zurücksetzt", erklärte Katrin in einem Ton, als müßte sie diesen Satz aus einer Fremdsprache übersetzen.

„Das bilde ich mir nicht ein, das ist so", sagte Silvy scharf, „auch wenn ihr es hundertmal nicht wahrhaben wollt. Nehmt doch nur mal die letzte Stunde. Ich habe alles gewußt, wirklich alles, und ich habe jedesmal aufgezeigt. Und wie oft bin ich drangekommen? Zweimal. Genau so oft wie Leonore, die Trantüte."

„Seit wann ist denn Leonore eine Trantüte?" fragte Ruth ganz erstaunt.

„Nicht erst seit heute", behauptete Silvy, „sie döst doch die meiste Zeit vor sich hin."

„Ja, ich bin jetzt dauernd so müde", gab Leonore mit einem schwachen Lächeln zu.

„Lenk nicht ab, Silvy", mahnte Katrin, „wir sprechen über dich. Willst du wirklich behaupten, daß Mohrchen ungerecht ist?"

„Hast du etwa eine bessere Erklärung dafür, warum sie mich nicht aufruft?"

„Und ob", sagte Katrin ungerührt.

„Na, da bin ich mal gespannt."

Die Mädchen traten jetzt ins Freie und rannten, wie immer, ihrem geliebten Wäldchen zu. Bis sie sich die Bank in der Sonne erobert hatten, verstummte jedes Gespräch.

„Nun mal los, Katrin", rief Silvy dann, noch atemlos, „du bist uns noch eine Erklärung schuldig."

Katrin hatte sich auf die Lehne der Bank geschwungen und ihre Füße auf den Sitz gestellt, obwohl das streng verboten war. „Das liegt doch auf der Hand", sagte sie gemütlich und packte ihr Butterbrot aus, „mich wundert nur, daß dir das selber noch nicht aufgefallen ist, obwohl du so schlau sein willst. Mohrchen nimmt jeden dran, wann es ihr paßt, ohne Rücksicht darauf, ob man sich meldet oder nicht. Im Gegenteil, je weniger du dich meldest, desto öfter wirst du aufgerufen, weil sie dann glaubt, du weißt es nicht, und mal auf den Busch klopfen will." Sie klappte ihr Brot auseinander. „Mmm . . . mein Lieblingskäse!" Sie biß kräftig hinein.

„Nicht schlecht", sagte Ruth beeindruckt, „also versuch's doch mal nach Katrins Prinzip und melde dich nicht."

„Was glaubst du, wie überrascht Mohrchen sein wird!" fügte Olga hinzu und lachte.

„Ihr seid gemein!" rief Silvy empört. „Immer versucht ihr nur, euch über mich lustig zu machen. Wenn ihr bloß wüßtet, wie satt ich euch habe!" Sie sprang auf und rannte davon.

„Ta, ta, ta", machte Katrin kopfschüttelnd, „es wird immer schlimmer mit ihr!" Sie rutschte schleunigst von der Lehne auf den Sitz herab, weil sie gerade noch rechtzeitig bemerkt hatte, daß Fräulein Freysing sich näherte.

In der nächsten Stunde war Mathematik bei Dr. Künzel. Er nahm mit den Schülerinnen der sechsten Klasse Differentialrechnungen durch, und wie immer meldete Silvy sich wie verrückt, aber sie hatte Pech; ein paarmal kam ihr eine andere Mitschülerin zuvor.

„Jetzt probieren wir es mal mit dem Multiplizieren", sagte Dr. Künzel, „ich gebe auch eine Rechnung ..." Er trat an die Tafel und schrieb an: „137,14 x 217,12 = "

Die Mädchen begannen eifrig zu kritzeln. Dr. Künzel trat, die Hände auf dem Rücken, an das Fenster und blickte zum blauen Himmel hinauf. Dann drehte er sich plötzlich um.

Silvys Zeigefinger war als einziger oben.

„Schon fertig, Silvy?" fragte er erfreut. „Also ... dann laß mal hören!"

Aber tatsächlich war Silvy noch mitten drin in ihrer Rechnerei; sie hatte sich schon gemeldet, als sie gerade erst angefangen hatte. Jetzt geriet sie ins Stottern: „Moment noch ... eine Sekunde ..."

„Irgend etwas nicht klar?" Dr. Künzel trat hinter Silvy und blickte auf ihr Blatt.

Silvy wurde nervös und nervöser, und obwohl sie sonst gut rechnete, wollte es ihr diesmal einfach nicht mehr glücken.

„Ich hab's!" rief Katrin.

„Laß hören", sagte Dr. Künzel.

„Ich hab's!" rief Katrin

„Neunundzwanzigtausendsiebenhundertneunzigkomma-zweiundneunzig", schnarrte Katrin.

„Sehr richtig", lobte Dr. Künzel.

Silvy war ganz blaß, fast grün vor Ärger geworden. Aber niemand achtete auf sie.

„Beim Multiplizieren immer besonders auf die Stellen hinter dem Komma achten, liebe Leute", sagte Dr. Künzel, „sie verdoppeln sich nämlich und müssen dann wieder auf zwei abgerundet werden . . ."

Der Unterricht ging weiter.

Keines der anderen Mädchen hätte so eine kleine Schlappe, wie sie Silvy gerade passiert war, wichtig genommen, denn so etwas kam ja jeden Tag und jede Stunde wieder vor. Deshalb hielt es auch niemand der Mühe wert, sie damit aufzuziehen. Aber die ehrgeizige Silvy kränkte sich entsetzlich.

Als es klingelte, sagte Dr. Künzel: „Morgen haben wir in der ersten Stunde Mathematik. Das ist ausgesprochen günstig. Wir werden dann eine Klassenarbeit schreiben."

Die Mädchen schrien: „Oh!" und: „Bitte, bitte nicht, lieber Doktor Künzel!" und: „Doch nicht schon morgen!"

Nur Silvy freute sich. – Jetzt werde ich es denen zeigen, nahm sie sich vor.

Sie wäre geradezu enttäuscht gewesen, wenn Dr. Künzel sich hätte umstimmen lassen, obwohl daran natürlich nicht zu denken war, denn wenn er auf die Einwände der Mädchen gehört hätte, wäre es niemals zu einer Arbeit gekommen.

Silvy war wild entschlossen, unbedingt eine Eins zu schreiben, und so ließ sie es nicht dabei bewenden, am Nachmittag still für sich alle möglichen Formen der Differentialrechnung zu üben, sondern sie bat auch noch am Abend ihren Vater, der ein ausgezeichneter Rechner war, den Stoff noch einmal mit ihr durchzunehmen.

Herr Heinze freute sich über den Fleiß seiner Tochter und fühlte sich geschmeichelt durch ihr Vertrauen; er arbeitete zwei volle Stunden mit ihr. Nachher legte Silvy dann noch ihr Mathematikbuch unter das Kopfkissen, also konnte gar nichts mehr schiefgehen.

Die anderen fühlten sich nicht gar so wohl in ihrer Haut. Katrin, der Mathematik lag und die, ganz abgesehen davon, schlechte Noten überhaupt nicht allzu schwer nahm, war noch die Munterste. Olga hatte mit ihren großen Brüdern gearbeitet und fühlte sich trotzdem unsicher, Ruth hoffte auf Katrins Hilfe, und Leonore – ja, Leonore wußte wenig, war aber viel zu übermüdet, um sich aufzuregen.

Erst als sie dann den Zettel mit den vervielfältigten Aufgaben vor sich liegen sah und anfangen wollte, wurde ihr klar, daß sie es allein nicht schaffen würde. Die komplizierten Differentialrechnungen waren für sie ein Buch mit sieben Siegeln.

Sie übertrug die erste Aufgabe in ihr Heft, und dann wußte sie nicht weiter. Voller Verzweiflung blickte sie sich um. Alle anderen schrieben eifrig. Sie begegnete dem Blick Dr. Künzels und senkte erschrocken die Augen. Sie wollte wenigstens so tun, als ob sie rechnete. Aber auch das gelang ihr nur schlecht.

Dr. Künzel, der vorn am Lehrertisch saß, holte eine Zeitung aus seiner Tasche und schlug sie auf.

Das war schon besser. Leonore atmete ein wenig auf. Sie sah, wie Katrin ihr Heft unauffällig näher zu Ruth hinschob, so daß die Kleine einen Blick hinein tun konnte.

Ach, hätte sie nur auch so eine gute Freundin gehabt!

Bis zu dem Unfall ihrer Mutter hatte Leonore Schwierigkeiten in der Schule nicht gekannt. Deshalb wußte sie sich jetzt auch gar nicht zu helfen. Sie gehörte nicht zu den Mädchen, die immer schwimmen und sich dabei auf ihr Glück und ein paar Tricks verlassen. Sie fühlte sich tatsächlich verraten und verkauft.

Ganz vorsichtig riskierte sie einen Blick auf Silvys Heft. Ihr Herz schlug höher, als sie entdeckte, daß sie die ordentlichen Zahlen, die Silvy auf das karierte Papier malte, ohne Schwierigkeiten lesen konnte. Sie schrieb ab, was sie las, und als sie erst den Ansatz der Aufgabe hatte, konnte sie sie sogar allein zu Ende rechnen.

Bei der zweiten war sie schon ganz zuversichtlich geworden. Wieder schaute sie zu Silvy hinüber, aber diesmal machte sie ein leises Geräusch, als sie sich bewegte. Silvy wurde aufmerksam und sah hoch.

Aber statt sich nun ein wenig zurückzulehnen und den Blick freizugeben, als sie Leonore in ihrer Not sah, beugte Silvy sich sofort vor, stützte ihren Arm so auf den Tisch, daß das Heft dahinter ganz verborgen war, ja, sie baute auch noch ihre Federmappe wie einen Schutzwall neben sich auf.

„Silvy, bitte“, hauchte Leonore.

Aber Silvy zeigte ihr die kalte Schulter.

„Liebe Silvy . . .“ flüsterte Leonore.

Aber auch das zog nicht.

Leonore stieß Silvy leicht mit dem Fuß an.

„Au, du tust mir ja weh!“ sagte Silvy ganz laut.

Dr. Künzel ließ die Zeitung sinken und richtete seine Aufmerksamkeit wieder auf die Klasse.

Leonore begriff, daß Silvy genau das beabsichtigt hatte; Silvy wollte ihr nicht helfen, und sie wollte ihr auch keine Chance geben.

Leonore atmete tief durch und versuchte, sich auf die Aufgaben zu konzentrieren. Aber es nutzte nichts. Zu viele Wochen hatte sie todmüde im Unterricht gesessen und kaum noch mit einem Ohr gelauscht, was vorne gesagt wurde. Jetzt konnte auch die größte Anstrengung nichts mehr nutzen. Leonore wußte einfach nicht, wie sie die Differentialrechnungen anpakken sollte.

Noch nie hatte sie sich so klein und jämmerlich gefühlt. Inmitten all ihrer Klassenkameradinnen kam sie sich elend und verlassen vor wie ein Schiffbrüchiger auf einer einsamen Insel. Da nutzte auch kein Stoßgebet zum Himmel mehr etwas.

Als Dr. Künzel das Zeichen gab, Schluß zu machen, und die Hefte einsammeln ließ, hatte Leonore nur eine einzige Aufgabe gelöst. Sie machte sich nichts vor, das mußte einen glatten Fünfer geben.

Ihre Fassung reichte gerade noch so lange, wie der Mathematiklehrer in der Klasse war. Dann brach sie in Tränen aus.

Olga, die zu ihr gestürzt kam, um die Ergebnisse der einzelnen Aufgaben, die sie auf einen Zettel gekritzelt hatte, mit ihr zu vergleichen, merkte es sofort. „Leonore“, rief sie, „was ist los mit dir?“

Auch die anderen Mädchen wurden jetzt aufmerksam.

„Ich hab' die Arbeit verhauen“, gestand Leonore, ihrer Stimme kaum noch mächtig.

„Ach was, das kommt dir sicher nur so vor!“

„Nein, bestimmt nicht. Ich habe bloß die erste Aufgabe lösen können.“

„Ja um Himmels willen!“ schrie Katrin. „Warum hast du denn da nicht von Silvy abgeschrieben?“

Silvy ging sofort zum Angriff über. „Das ist das einzige, was euch einfällt! Abschreiben und abschreiben lassen, mehr könnt ihr nicht. Aber wem, bitte, soll damit geholfen sein?“

„Leonore zum Beispiel", sagte Olga.

„Quatsch!" entgegnete Silvy. „Wir gehen doch nicht in die Schule, um uns, egal wie, ordentliche Noten zu verschaffen, sondern um etwas zu lernen!"

„Das sagst ausgerechnet du?" rief Katrin.

„Nein, laß mal", sagte Olga, „damit hat Silvy schon recht, man lernt nichts, wenn man einfach abschreibt. Aber trotzdem darf man, finde ich, eine Freundin in so einer Situation nicht einfach hängen lassen."

„Danke. Ich brauche keine Belehrungen", erklärte Silvy, „ich weiß sehr gut selber, was ich zu tun habe. Wenn ich Leonore hätte abschreiben lassen ..."

„Du hast es also ganz bewußt verhindert!?" rief Ruth.

„Ja, denn damit hätte ich Leonore nur geschadet."

„Wie unendlich rührend von dir, Silvy", sagte Katrin mit gespielter Ergriffenheit, „was bist du doch für ein grundanständiges und verantwortungsbewußtes Mägdelein." Unvermittelt fuhr sie auf sie los und änderte den Ton. „Du verflixte Heuchlerin du! Soll ich dir mal sagen, warum du Leonore nicht geholfen hast? Weil du froh bist, wenn eine von uns abstinkt, weil dein Stern dann um so glänzender leuchten kann, du alte Streberin du!"

„Das ist ja nicht wahr!"

„Ach, lüg doch nicht auch noch. Ich kenne dich besser als du dich selber." Katrin wandte sich ab. „Wenn jemand nur für die Zensuren lernt, dann bist du es."

„Nun gut, ich gebe ja zu", sagte Silvy, „daß ich Leonore auch deshalb nicht habe abschreiben lassen, weil ich es ungerecht fände, wenn sie eine anständige Note kriegte, obwohl sie tatsächlich nichts kann, und ich hasse nun mal Ungerechtigkeiten. Wenn jemand zu dumm ist, um mitzukommen, dann gehört er nicht in unsere Klasse, und wenn jemand zu faul ist, dann sollte er eben lernen."

„Ja, sag mal, was ist eigentlich los mit dir, Leonore?" fragte Olga. „Früher warst du doch immer ganz gut in Mathe!

Wahrscheinlich müßtest du dich einfach mal wieder auf deine vier Buchstaben setzen und ..."

Leonore putzte sich die Nase. „Ach, laßt mich doch in Ruhe", sagte sie erstickt.

„Na, bitte", erklärte Olga eingeschnappt, „wenn du dir nicht raten lassen willst ..." Sie setzte sich auf ihren Platz.

Leonore hätte am liebsten laut geweint vor Verzweiflung. Aber schon klingelte es zur nächsten Stunde.

Ein salomonisches Urteil

Eine Woche später gab Dr. Künzel die Mathematikarbeiten zurück. Die Mädchen wurden ganz still, als er, einen Stoß Hefte unter dem Arm, das Klassenzimmer betrat.

Nur Katrin verschlug es nicht die Laune. Als Dr. Künzel ihr die Hefte zum Austeilen übergab, schlug sie die Hacken zusammen wie ein kleiner Soldat. „Zu Befehl, Boss!"

Dr. Künzel konnte Spaß verstehen. „Mir scheint, du hast allen Grund zu lachen, Katrin", sagte er.

Noch beim Austeilen machte Katrin Faxen. Sie tat so, als müßte sie die Namen auf den Heften gründlich studieren und auch die Besitzerin einer Musterung unterziehen, bevor sie sie übergeben konnte.

Plötzlich stutzte sie und fragte: „Katrin Bär?" — Sie sah sich suchend um und rief laut: „Katrin Bär!" Dann tippte sie sich ganz erstaunt auf die Brust: „Ach so, das bin ja ich!"

Aber keine der Schülerinnen hatte heute Sinn für ihre Späße. Die einen hatten inzwischen entsetzt oder erleichtert, je nachdem, ihre Noten zur Kenntnis genommen, und die anderen konnten es kaum noch abwarten, bis sie ihr eigenes Heft endlich in Händen hielten.

Leonore hatte schon das mit kräftiger Schrift und roter Tinte hingehauene „Ungenügend" unter ihrer Arbeit gelesen.

Selbst die erste Aufgabe, die einzige, die sie gelöst hatte, war falsch gewesen. Sie mußte die Tränen verbeißen und sah mit starrem Gesicht geradeaus.

Auch Silvy hatte in dieser ersten Aufgabe einen Fehler, und so war die Gesamtnote nur eine Zwei geworden, wenn auch eine Zwei plus. Ein weniger ehrgeiziges Mädchen hätte sich sicher auch darüber noch gefreut. Aber Silvy empfand es wie eine persönliche Beleidigung.

„Das kommt nur daher, weil du mich gestört hast!" zischte sie Leonore zu, als sie, nach mehrmaligem Rechnen, feststellen mußte, daß tatsächlich sie und nicht Dr. Künzel sich geirrt hatte.

Leonore war viel zu betroffen, um sich zu verteidigen.

Ruth jubelte auf. „Juhu!" rief sie begeistert und schwenkte ihr Heft durch die Luft. „Stellt euch vor . . . ich habe null Fehler! Eine Eins! Eine glatte Eins!" Sie konnte ihr Glück gar nicht fassen.

Silvy fuhr hoch wie von der Tarantel gestochen. „Das ist Schiebung!" schrie sie.

Dr. Künzel gab den Schülerinnen Zeit, ihre Enttäuschung oder ihre Begeisterung abzureagieren, er hörte gar nicht auf das, was sie da durcheinanderschrien — oder vielleicht tat er auch nur so.

Dann aber klopfte er mit dem Lineal auf den Lehrertisch. „Meine Damen, meine Damen, darf ich um Ruhe bitten?"

Die Mädchen wurden still.

Nur Silvy war so aufgebracht, daß sie nicht so ohne weiteres abschalten konnte. „Jede Wette, du hast auch eine Eins, was, Katrin?" zischte sie.

Katrin zog es vor, auf diese Frage nicht zu antworten, sondern legte nur mahnend ihren Zeigefinger auf die Lippen.

„Hast du eine Eins? Ja oder nein?" rief Silvy mit erhöhter Stimme.

„Heinze", sagte Dr. Künzel und benutzte wie immer, wenn er ärgerlich wurde, den Nachnamen, „mir scheint wirklich das

Interesse, das du an den Noten deiner Mitschülerinnen nimmst, ein wenig übertrieben."

Silvy lief rot an. „Aber Ruth hat abgeschrieben, Herr Doktor! Ich bin sicher, daß sie abgeschrieben hat!"

Plötzlich wurde es in der Klasse so ruhig, daß man die berühmte Stecknadel hätte zu Boden fallen hören können.

Dr. Künzel trat vor Silvy hin. „Meine liebe Dame, das ist eine sehr ... sehr schlimme Beschuldigung. Ich hoffe, du bist dir darüber klar, und ich nehme an, daß du deine Behauptung auch durch Beweise untermauern kannst?"

„Nein", mußte Silvy zugeben, „aber ich weiß es ganz genau! Ruth ist keine solche Leuchte in Mathematik, daß sie eine Eins geschrieben haben könnte, wo ich nur eine Zwei habe..."

Dr. Künzel fiel ihr ins Wort. „Mit diesen Ausführungen, Heinze, überzeugst du mich überhaupt nicht. Setzen."

Silvy stampfte mit dem Fuß auf. „Aber ich verlange eine Untersuchung! Es ist doch eine Gemeinheit, daß Ruth eine bessere Note bekommen hat wie ich, wo ich viel mehr kann als sie und mich so besonders gut vorbereitet habe!"

„Im Komparativ steht immer als", murmelte Katrin mit Grabesstimme.

Die Spannung löste sich in einem zaghaften Gelächter.

„Du bist eine recht schlechte Verliererin, Heinze", sagte Dr. Künzel.

„Ich kann verlieren, wenn alles mit rechten Dingen zugeht", behauptete Silvy, „was mich ärgert, ist ja bloß diese gemeine Mogelei."

„Du erwartest also von mir, daß ich ein regelrechtes Verhör anstelle?"

„Ja."

„Und wer soll deiner Meinung nach auf die Anklagebank?"

„Katrin und Ruth, alle beide."

Dr. Künzel nahm seinen Zwicker ab und polierte die Gläser nachdenklich mit seinem Taschentuch. „Das scheint mir keine gute Idee!"

Plötzlich kam Leben in Leonore; sie vergaß für einen Moment ihren eigenen Kummer. „Stimmt!" rief sie. „Weil Angeklagte lügen dürfen!"

Silvy fuhr herum. „Das ist doch nicht wahr!"

„Doch! Und wenn ich mich nicht täusche, habe ich dir das schon einmal erklärt. Vor einem deutschen Gericht hat jeder Angeklagte das Recht, so viel zu lügen, wie er will. Nur die Zeugen müssen die Wahrheit sagen ... und hast du etwa einen Zeugen, der Ruth und Katrin beschuldigen würde?"

Silvy blickte sich in der Klasse um. „Aber bestimmt hat jemand gemogelt."

„Es ist nur die große Frage, ob jemand ausgerechnet dir zuliebe gegen die beiden aussagen würde!"

Dr. Künzel ergriff das Wort. „Ich merke, Leonore", sagte er, „aus dir spricht die Tochter eines Rechtsanwaltes. Alles, was du sagst, stimmt haargenau, und wenn wir hier natürlich auch kein ordentliches Gericht bilden könnten, selbst wenn wir wollten, halte ich von Verhören dieser Art gar nichts. Stell dir nur einmal vor, ich frage Ruth, ob sie von Katrin abgeschrieben hat. Sagt sie nein, so ist der Fall erledigt, und wir müssen sie laufen lassen, auf die Gefahr hin, daß sie sich durch eine faustdicke Lüge vor der Bestrafung gerettet hat. Wäre das denn gerecht?"

Silvy schwieg und preßte die Lippen zusammen.

„Würde sie meine Frage aber bejahen", fuhr Dr. Künzel fort, „so müßte ich ihre Arbeit für ungültig erklären oder mit einer Sechs honorieren ... das gleiche gilt übrigens auch für Katrin. Damit würde ich ihr für ihre Ehrlichkeit einen Denkzettel geben und sie ihr vielleicht für immer austreiben. Hältst du das etwa für richtig?"

„Ruth und Katrin haben Strafe verdient", behauptete Silvy verbissen.

„Und du etwa nicht?" rief Leonore. „Ob es nun stimmt oder nicht, was du da von den beiden behauptest, auf alle Fälle ist es von dir eine gemeine Petzerei ... unkameradschaftlich bis dahinaus! Bei Mohrchen hättest du mit so etwas gar nicht herauszukommen gewagt."

„Beruhige dich, Leonore", sagte Dr. Künzel, „bei mir erreicht sie damit auch nichts. Aber ich mache euch einen Vorschlag zur Güte . . . die Arbeit wird wiederholt . . ."

Daraufhin begannen natürlich alle diejenigen, die gute Noten geschrieben hatten, zu murren.

Dr. Künzel ließ sich nicht unterbrechen, sondern fuhr fort: „. . . und zwar von Katrin, Ruth und . . . nur so zur Gesellschaft . . . auch von Silvy. Euch anderen steht der Anschluß frei. Wer glaubt, sich verbessern zu können, kann mitmachen, jeder ist herzlich eingeladen, die Entscheidung liegt bei euch."

Wann, wollten alle Mädchen wissen.

„Sagen wir . . . Freitag nachmittag um drei Uhr. Hier in der Klasse. Ich wiederhole: die Beteiligung ist für alle, außer Ruth, Katrin und Silvy, freiwillig. Aber an Mogelei ist nicht mehr zu denken, denn diesmal werde ich zwei Aufgabengruppen zusammenstellen und euch so weit auseinandersetzen, daß ohne Funkverbindung nichts zu machen ist. Nun wollen wir aber endlich die letzte Arbeit von Anfang an durchgehen . . ."

Während Dr. Künzel unterrichtete, dachte Katrin angestrengt nach, aber beileibe nicht über mathematische Probleme. Es dauerte eine ganze Weile, bis ihr eine Idee kam.

Sie zog ihren Block näher an sich heran und schrieb: „Liebe O., S. hat sich hundsgemein benommen. Wenn Du der gleichen Meinung bist, dann zupf Dich bitte am rechten Ohrläppchen. K."

Katrin trennte den Zettel geräuschlos vom Block, faltete ihn zusammen, wartete ab, bis Dr. Künzel ein paar Zahlen auf die Tafel schrieb, und ließ ihn dann über die Schulter der vor ihr sitzenden Schülerin auf den Tisch fallen. „Für Olga", flüsterte sie.

Noch ehe Dr. Künzel sich umdrehte, hatte Else den Zettel nicht nur weitergegeben, sondern Olga hatte ihn auch gelesen. Sie zupfte sich am Ohrläppchen.

„Geht nur auf mich los!" rief Silvy

Katrin schrieb: „Ich habe einen Plan, wie wir sie hereinlegen können. Machst du mit? Antwort wie gehabt." Sie ließ den Zettel auf dem gleichen Weg und bei einer ähnlichen Gelegenheit Olga zugehen, und wieder war die Antwort bejahend.

„Stell Dich nachher, wenn wir S. beschimpfen, auf ihre Seite", schrieb Katrin, „aber trag nicht zu dick auf, nur so, daß S. keine Gegnerin in Dir sieht. Wir brauchen eine . . ." und jetzt malte sie in dicken Blockbuchstaben „VERTRAUENSPERSON. Verstehst Du?"

Als Olga sich zum dritten Mal am Ohrläppchen zupfte, atmete Katrin auf und lehnte sich befriedigt zurück. Der Anfang war geschafft.

Es kam genau, wie sie vorausgesehen hatte. In der nächsten Pause gab es zwischen den Freundinnen einen Riesenkrach. Ruth und Leonore waren empört über Silvys Verhalten, und sie machten aus ihrem Herzen keine Mördergrube.

„Geht nur auf mich los! Beschimpft mich!" rief Silvy. „Das ist alles, was ihr könnt! Wißt ihr was? Schämen solltet ihr euch, und wenn ihr glaubt, es täte mir nur ein bißchen leid, daß ich die Sache ins Rollen gebracht habe, dann seid ihr auf dem Holzweg!"

„Wenn eine sich schämen sollte, dann bist doch du es, Silvy", sagte Leonore, „ich habe immer zu dir gehalten ... wie oft habe ich dich in Schutz genommen ..."

„Ich habe deine Protektion wahrhaftig nicht nötig gehabt!" schrie Silvy dazwischen.

„... und jetzt benimmst du dich so! Schreckst nicht davor zurück, Doktor Künzel in unsere privaten Streitereien hineinzuziehen!"

„Seit wann sind Mogeleien bei Klassenarbeiten privat, he?" rief Silvy, die sich nicht mundtot machen ließ.

„In einem Punkt hat Silvy ja recht", sagte Olga überraschend, „du hättest Ruth nicht abschreiben lassen dürfen, Katrin!"

„Was?" schrie Katrin mit gut gespieltem Zorn. „Jetzt gehst du auch noch gegen mich los? Was hätte ich denn machen sollen, als ich merkte, daß Ruth allein nicht weiterkam?"

„Du gibst es also zu?" rief Silvy. „Habt ihr gehört?! Sie hat es unter Zeugen zugegeben."

„Aber ich bitte dich, Silvy, das ist doch ein alter Hut", erklärte Ruth, „jeder von uns hat schon mal abgeschrieben. Du etwa nicht?"

„Nie! Nie in meinem ganzen Leben!"

„Und du würdest es auch nie tun?" fragte Katrin mit überraschender Sanftmut. „Nie?"

„Unter keinen Umständen. Ich bin nicht so wie ihr, und ich habe es auch gar nicht nötig zu pfuschen, weil ich nämlich etwas weiß."

Katrin klatschte Beifall. „Bravo, oh, bravissimo! Seht her, das Wunderkind."

„Na schön, vielleicht hast du es wirklich nicht nötig, abzuschreiben, aber würdest du auch unter keinen Umständen abschreiben lassen?" wollte Olga wissen.

„Danach könnt ihr Leonore fragen", gab Silvy spitz zurück; sie bahnte sich mit beiden Armen einen Weg frei und verließ das Klassenzimmer.

„Ihr alle wißt, daß ich eine sanftmütige Person bin", sagte Ruth, „aber im Moment habe ich eine solche Wut im Leibe, daß ich Silvy am liebsten verhauen würde. Und ich täte es auch, wenn sie nicht stärker wäre als ich."

„Wenn du schon jemandem Ohrfeigen austeilen willst, Ruth", erklärte Katrin ungerührt, „dann fang am besten bei dir selber an. Es war idiotisch, so über deine Eins zu triumphieren. Du hättest dir doch denken können, daß du damit nur Neid erwecken würdest."

„Stimmt", sagte Leonore, „ich kann auch gar nicht verstehen, wie man so über eine gute Note jubilieren kann, wenn man doch genau weiß, daß man sie nicht wirklich verdient hat."

„Das hätten aber doch meine Eltern nicht gewußt", murmelte Ruth ein wenig beschämt.

„Die hätten sich ja auch freuen können, aber du nicht", sagte Olga, „du hättest eigentlich in den Erdboden versinken müssen. Mir jedenfalls wäre es peinlich gewesen."

Ruth blitzte Olga an. „Na hör mal! Hältst du eigentlich zu uns oder zu Silvy?"

In diesem Augenblick kam Silvy in die Klasse zurück, gerade noch rechtzeitig, um Ruths Bemerkung zu hören. „Olga ist nur gerecht . . . im Gegensatz zu euch!" rief sie.

„Ach was", sagte Ruth, „und wenn es tausendmal falsch war, daß ich abgeschrieben habe, dich ging es nicht das geringste an!"

„Und du hast dich auch nicht so aufgeregt, weil du Angst um unseren Charakter oder um unser gutes Gewissen hattest", rief Katrin, „sondern nur, weil du Ruth die gute Note nicht gegönnt hast!"

„Sie war unverdient!"

„Na und? Was kümmert dich das. Oder willst du etwa behaupten, daß Doktor Künzel dich zu schlecht zensiert hat?"

„Ja! Wenn ich dafür, daß ich fast alles gewußt habe, nur eine Zwei plus gekriegt habe, und Ruth, die keine Ahnung hatte ..."

„Stimmt ja gar nicht!" fuhr Ruth dazwischen.

„.. eine Eins, dann bin ich doch zu schlecht weggekommen!"

„Unsinn", sagte Katrin, „auf jeden Fall war meine Arbeit besser als deine ..."

„Woher weiß ich denn das?" rief Silvy. „Vielleicht habt ihr euch ja gegenseitig geholfen, du Ruth und sie dir, wenn du etwas nicht wußtest! So konntet ihr eure Schwächen herrlich gegenseitig ausgleichen und hattet es wahrhaftig leicht, Einser zu schreiben!"

„Langsam schnappst du vollkommen über, meine Liebe", sagte Katrin, „es wird immer unmöglicher, mit dir ein vernünftiges Wort zu reden." Sie ging auf ihren Platz zurück und zog Ruth mit sich.

„Wir werden ja sehen, was bei der nächsten Arbeit herauskommt", rief Silvy ihnen nach, „wenn ihr euch nicht mehr einhelfen könnt."

„Warte es nur ab!" entgegnete Katrin. „Du wirst dich wundern!"

Rache folgt

Am Nachmittag fand eine Sitzung bei Katrin Bär statt, zu der sie die Freundinnen — außer Silvy, versteht sich — telefonisch zusammengetrommelt hatte. Silvy erfuhr nichts von diesem Treffen und ahnte nicht, was dort besprochen worden war. Es wunderte sie aber nicht, daß Katrin, Ruth und Leonore sich deutlich von ihr absetzten, und sie machte sich auch nichts daraus. Sie bildete sich fest ein, keinen Menschen zu brauchen und sich selber genug zu sein, und außerdem war da ja auch immer noch Olga, die ihr, wenn auch scheinbar verstohlen, ihre Sympathie zeigte.

Aus Wortfetzen entnahm Silvy, daß Katrin, Ruth und Leonore sich nach der Schule trafen und für die neue Mathematikarbeit büffelten. Das störte sie nicht im geringsten, sondern ganz im Gegenteil, es freute sie von Herzen, denn sie war ganz sicher, daß Ruth und Leonore einfach nicht so intelligent waren wie sie selber und trotz aller Bemühungen versagen würden, wenn sie eine schwierige Arbeit ohne fremde Hilfe bewältigen mußten. Zu dieser Ansicht paßte es vollkommen, daß die drei sich zwar frech gaben — ganz besonders Katrin —, aber durchaus nicht siegessicher, sondern ziemlich bedrückt.

Das änderte sich von einem Tag zum anderen, nein, genauer gesagt, von einer Viertelstunde zur nächsten. Silvy beobachtete es, wußte sich aber keinen Reim darauf zu machen.

Es geschah während einer großen Pause.

Silvy stand etwas abseits von den anderen, gegen den Stamm einer Kastanie gelehnt, aß ihr Schulbrot und tat so, als ob sie sich für alles mögliche interessierte, nur nicht für die Freundinnen, die sie doch aus einem Augenwinkel beobachtete.

Katrin sprang unvermittelt auf und lief ins Haus zurück. Daran war nichts Besonderes. Silvy schloß haarscharf, daß sie auf die Toilette mußte. Aber es dauerte unverhältnismäßig lange, bis sie wieder auftauchte.

Es hatte schon zur nächsten Stunde geklingelt, als Katrin wieder auf dem Hof erschien. Sie hatte irgendwelche Papiere in der Hand, mit denen sie herumwedelte, stieß Olga zur Seite und zog Leonore und Ruth an sich, um ihnen geheimnisvoll tuschelnd etwas zu erklären. Daraufhin machten die beiden Luftsprünge vor Freude. Als Frau Dr. Mohrmann, die Aufsicht hatte, hinter ihnen auftauchte, ließ Katrin die Papiere so hastig im Ausschnitt ihres Pullovers verschwinden, daß es wirkte, als ob einiges damit nicht in Ordnung wäre.

Natürlich nahm Silvy diesen kleinen Zwischenfall nicht allzu wichtig, sondern dachte, daß es sich wieder einmal um nichts weiter als um einen von Katrins dummen Streichen handeln müßte. Auch als die Laune der drei von diesem Augenblick an sichtlich stieg, hielt sie es zuerst für albernes Theater. Erst als Katrin sich nicht mehr herausfordernd, sondern eher gnädig ihr gegenüber gab, wurde sie stutzig.

Sie nahm Olga bei nächster Gelegenheit beiseite. „Du, hör mal, was ist eigentlich los?"

Sie gingen miteinander von der Schule nach Hause.

„Nichts", behauptete Olga hastig, „ich weiß gar nicht, was du meinst."

„Na, hör mal! Es muß dir doch aufgefallen sein, daß die anderen so verändert sind?"

„Wirklich? Sind sie das? Keine Ahnung!"

Silvy packte Olga beim Arm. „Verstell dich nicht!"

Olga versuchte sich zu befreien. „Laß mich los! Aua! Du tust mir ja weh!"

„Olga", sagte Silvy eindringlich, „du kennst doch Katrin, du kennst sie so gut wie ich! Du weißt, daß sie zu . . . zu jeder Gemeinheit fähig ist. Und Ruth und Leonore schwimmen jetzt

Silvy nahm Olga beiseite

vollkommen in ihrem Fahrwasser. Die drei führen was im Schilde. Du kannst mich doch nicht für so doof halten, daß ich das nicht merke."

Olga wechselte plötzlich den Ton. „Es ist dir also schon selbst aufgefallen?"

„Ja!"

„Dann habe ich es dir nicht verraten, nicht wahr?"

„Nein, natürlich nicht."

Olga atmete tief durch. „Das ist gut." Sie flüsterte Silvy zu: „Katrin hat mir nämlich furchtbare Rache geschworen, wenn ich auch nur ein Wort verlauten lasse. Aber wenn du es eh schon weißt . . ."

Silvy geriet allmählich außer sich. „Nein, nein, das ist es ja eben! Ich weiß nichts. Deshalb rede ich ja mit dir. Du mußt mir verraten . . ."

Olga fiel ihr ins Wort. „Das kann ich nicht."

„Aber Olga, hast du nicht selber gesagt, daß ich recht habe und nicht die anderen? Daß es . . . unehrenhaft ist, von einer Mitschülerin abzuschreiben? Oder abschreiben zu lassen? Hast du das gesagt oder nicht?"

„Kann schon sein", gab Olga unbehaglich zu.

„Also . . ."

„Gar nichts also. Vielleicht . . . vielleicht hat das, was die drei vorhaben, ja gar nichts mit der Abschreibgeschichte zu tun und . . . und . . . überhaupt, was geht dich das an?"

„Olga, du weißt doch, daß ich im Recht bin! Nun hab doch auch den Mut, dich auf meine Seite zu stellen. Du kannst doch nicht so ein . . . so ein moralischer Feigling sein."

„Denk von mir, was du willst!" rief Olga und riß sich los. „Ich kann es dir nicht sagen!" Sie rannte blindlings davon.

Silvy stürzte ihr nach, aber nach ein paar Metern verlangsamte sie ihren Schritt. Sie begriff, daß sie, selbst wenn es ihr gelang, Olga einzuholen, nichts aus ihr herausbekommen würde. Sie mußte sich etwas anderes ausdenken, um Olga zum Sprechen zu bringen, denn daß sie etwas Wichtiges wußte, was sie vor ihr verbarg, das schien ihr nach diesem Gespräch sonnenklar geworden.

Während sie über ihren Schularbeiten saß, kam ihr eine Idee. Olga sammelte Kakteen. Vielleicht war über diese Liebhaberei an sie heranzukommen. Silvy inspizierte ihre eigenen Kakteen und entschied sich für einen kleinen Ableger, den sie erst vor wenigen Tagen umgetopft hatte.

Normalerweise pflegte sie immer zuerst ihre Aufgaben zu erledigen, bevor sie etwas anderes unternahm, aber heute war sie zu nervös. Sie wagte nicht, Olga anzurufen und auf ihren Besuch vorzubereiten, aus Angst, eine Absage einstecken zu müssen, und wenn sie zu lange wartete, konnte es ihr passieren, daß Olga schon ausgeflogen war.

So klappte sie also entschlossen ihr Deutschheft zu, stellte den Blumentopf mit der kleinen Kaktee in einen Plastikbeutel, rief ihrer Mutter zu, daß sie verabredet sei, und machte sich aus dem Staub. Es war ein herrlicher Sommertag, und sie brauchte weder Jacke noch Mantel anzuziehen, sondern konnte sich, so, wie sie war, in ihrem ärmellosen gestreiften Leinenkleid auf den Weg machen.

Olga wohnte ein ganzes Stück weiter draußen, und Silvy fühlte sich durchaus nicht wohl in ihrer Haut, als sie zehn Minuten später an Helwigs Wohnungstür klingelte. Sie hatte Olga bisher nie ohne Voranmeldung aufgesucht, denn so dick befreundet waren sie eigentlich gar nicht. Sie kam sich ziemlich blöd vor und hätte sich am liebsten auf der Stelle wieder umgedreht, aber ihre Neugier und ihr Selbsterhaltungstrieb waren stärker.

Endlich öffnete Frau Helwig, und sie verbarg ihr Erstaunen nicht, Silvy vor sich zu sehen. „Guten Tag, Silvy! Du willst sicher Olga besuchen?"

„Hoffentlich ... hoffentlich störe ich nicht ...", stotterte Silvy.

„Ja, weißt du, Olga sitzt noch bei ihren Schulaufgaben. Sie braucht immer ziemlich lange dazu. Bist du denn schon fertig?"

„Nein, ich ...“ Silvy hob ihren Plastikbeutel hoch, „ich habe gerade entdeckt, daß meine Lobivia cerasiflora einen Ableger hat, und weil ich doch weiß, daß auch Olga sammelt, da habe ich ihn rasch umgetopft und wollte ihn nur schnell vorbeibringen“, behauptete Silvy und merkte gar nicht, daß sie sich in eine faustdicke Lüge flüchtete, wie sie auch Katrin nicht besser hätte erfinden können.

Sie tat ihre Wirkung; Frau Helwigs Herz schmolz dahin. „Das ist aber wirklich reizend von dir, Silvy“, sagte sie, „dann komm nur herein. Olga sitzt auf dem Balkon. Allzulange wirst du sie ja nicht aufhalten, nicht wahr?“

„Nein, bestimmt nicht“, versprach Silvy erleichtert.

Olga hatte es sich sehr gemütlich gemacht. Sie war im Badeanzug, saß im Schatten einer Markise, ein Glas Limonade mit Strohhalm neben sich, und wenn sie nicht einige Bücher um sich aufgebaut hätte, wäre niemand auf den Gedanken gekommen, daß sie Schulaufgaben machte.

„Hallo, Silvy“, sagte sie, durchaus nicht überrascht, „komm, platz dich!“

„Ich wollte nur ...“

Aber Olga war nicht bereit, es Silvy so leicht zu machen; sie kostete die Situation, die ihr so ungewöhnliche Macht verlieh, gründlich aus.

„Psst!“ sagte sie. „Ich bin gleich fertig.“

Silvy setzte sich in einen der bequemen Korbstühle und preßte die Lippen zusammen. Sie ärgerte sich gewaltig, daß Olga sie so zappeln ließ, und war fest entschlosssen, es ihr und den anderen heimzuzahlen, wenn sie erst das große Geheimnis entschleiert haben würde.

Nach einiger Zeit erschien Frau Helwig auf dem Balkon und brachte auch für Silvy ein Glas Limonade. „Aber, Olga“, sagte sie verständnislos, „willst du dich denn nicht um deinen Besuch kümmern?“

Olga lächelte zu ihr auf. „Gleich, Mutti! Ich möchte nur erst meine Aufgaben fertig machen.“

„Brav, Liebling!" Frau Helwig strich ihrer Tochter über das leuchtend rote Haar. „Wenn du ein bißchen später gekommen wärst, Silvy ..."

„Vielleicht wäre Olga dann nicht mehr da gewesen!"

Olga mußte sich ganz tief über ihre Bücher beugen, damit Silvy das Lächeln nicht sah, das um ihre Mundwinkel zuckte. Es dauerte eine ganze Zeit – Frau Helwig war längst wieder ins Haus gegangen, und Silvy hatte ihre Limonade schon zur Hälfte ausgetrunken –, bis sie endlich ihr Buch zuklappte. „So, das wäre geschafft!"

Silvy nahm die kleine Kaktee aus ihrem Plastikbeutel und hielt sie ihr entgegen. „Ich habe dir etwas mitgebracht!"

„Eine Lobivia cerasiflora! Sehr süß. Die hat mir gerade noch gefehlt."

„Sie blüht ganz toll", versicherte Silvy und stellte den Kaktus, da Olga keine Anstalten machte, ihn ihr abzunehmen, auf den Tisch.

Olga packte Bücher und Hefte, Bleistifte, Tintenschreiber und Radiergummis in ihre Schultasche.

„Du weißt doch noch, worüber wir auf dem Heimweg gesprochen haben", sagte Silvy.

Olga nickte nur.

„Hast du es dir inzwischen überlegt?"

„Es tut mir wahnsinnig leid", sagte Olga, „ich kann dir nicht helfen. Selbst wenn ich es wollte ... ich kann es nicht!"

„Niemand würde erfahren, daß ich es von dir habe."

„Nein, nein. Das würden die bestimmt herauskriegen."

„Und wenn ich dir schwöre?"

„Silvy, es hat keinen Zweck!"

„Olga, du kannst doch nicht zu Katrin halten", sagte Silvy beschwörend. „Du weißt doch genau, was für eine Angeberin sie ist und eine Lügnerin noch dazu. Sie hat den ganzen Ton in der Klasse verdorben. Bevor sie zu uns gekommen ist, war alles viel schöner. Niemand wäre auf die Idee gekommen, abzuschreiben ... oder abschreiben zu lassen. Das ist doch einfach Mogelei. Und nur weil ich das nicht haben will . . . und ich bin doch im Recht, Olga! . . . nur deshalb haben sie sich gegen mich verbündet. Bist du etwa für diese Schwindelei?"

„Eigentlich nicht", gab Olga zu.

„Was die treiben, ist doch glatter Betrug."

„Du hättest sie trotzdem nicht hereinreißen dürfen."

„Ja, das stimmt", räumte Silvy ein, „aber ich war eben so wütend, daß mir der Kragen geplatzt ist. Das mußt du doch verstehen."

„Ja, schon . . ."

„Sieh mal, Olga, wenn wir Katrin und die anderen so weitermachen lassen, dann wird es bald überhaupt nichts mehr bedeuten, ob jemand wirklich etwas gelernt hat, sondern nur noch die werden die guten Noten kriegen, die gut pfuschen können. Das trifft dich genau so gut wie mich. Du warst immer besser in der Schule als Ruth. Die hat sich doch bloß durch Katrins Hilfe hinaufgemogelt."

„Ja, das stimmt. Aber meine Noten sind nicht schlechter geworden."

„Aber wenn deine Mutter mal Ruth trifft und sie zufällig danach fragt, was sie denn in ihrer letzten Mathe-Arbeit hatte, und erfährt, es war eine Eins, und du hattest diesmal bloß Befriedigend . . ."

„Das wäre gemein!"

„Es wäre nicht nur, sondern es ist! Olga, ich spüre doch, die wollen mich wieder reinlegen, wir müssen jetzt einfach zusammenhalten . . . wir, die Anständigen in der Klasse, sonst buttern die uns einfach unter."

Olga stand auf. „Komm mit!" flüsterte sie.

„Wieso?"

„Weil ich hier nicht mit dir sprechen kann!" Olga machte eine weite Bewegung, die den Garten, die Fenster über ihnen und neben ihnen mit einschloß.

Silvy trank ihre Limonade aus und folgte Olga in die Wohnung und in Olgas Zimmerchen, das mit cremefarbenen

Schleiflackmöbeln sehr elegant, wenn auch nicht gerade modern eingerichtet war. Hier drinnen war es ziemlich kalt nach der Wärme draußen. Olga zog sich einen grasgrünen Bademantel über, bevor sie fast lautlos den Schlüssel umdrehte.

„So", sagte sie und kauerte sich mit angezogenen Beinen in einen der kleinen Sessel, „hier sind wir ziemlich sicher."

„Darf deine Mutter es denn auch nicht wissen?" fragte Silvy beeindruckt.

„Natürlich nicht. Sie könnte auf die Idee kommen, einen Skandal zu machen. Aber das will ich nicht." Olga beobachtete sich in dem ovalen Frisierspiegel an ihrem Toilettentisch und fand, daß ihre Miene ein bißchen zu wichtigtuerisch wirkte; sie versuchte ihre Züge zu entspannen.

„Sag mir endlich, um was es geht!" bettelte Silvy.

„Nur, wenn du mir schwörst, niemals und unter keinen Umständen einer Menschenseele zu verraten, daß du es von mir hast."

Silvy hob die recht Hand. „Ich schwöre es!"

„Das genügt nicht. Du mußt den Schwur mit irgend etwas bekräftigen. Sag: Ich will nie wieder eine gute Note schreiben, wenn ich diesen Schwur breche."

Silvy wiederholte es, fügte aber im gleichen Atemzug hinzu: „Aber was bedeutet das denn? Du kannst doch nicht verlangen, daß ich plötzlich schlechte Arbeiten schreibe . . ."

„Natürlich nicht. Du hast mit diesem Schwur den Fluch des Schicksals auf dich herabgezogen, falls du ihn brichst. Dann kannst du dich bemühen, soviel du willst, du wirst einfach keine guten Noten mehr bekommen."

„Ach so", sagte Silvy und hätte beinahe erklärt: Wenn das alles ist! – Aber sie konnte diese Bemerkung klugerweise gerade noch unterdrücken. „Jetzt aber raus mit der Sprache", sagte sie, „mach's nicht so wahnsinnig feierlich!"

Olga zögerte noch, dann beugte sie sich vor und flüsterte Silvy ins Ohr: „Sie haben die Aufgaben, die Künzel bei der nächsten Mathe-Arbeit stellen wird."

„Was?!" Silvy fuhr so heftig hoch, daß sie der Freundin beinahe mit dem Kopf einen Kinnhaken versetzt hätte. „Was sagst du da?"

„Genau das, was du wissen wolltest."

„Das ist nicht wahr! Das kann einfach nicht wahr sein."

Olga stand auf, ihr Gesicht war sehr rot geworden, und es fiel ihr nicht schwer, die Gekränkte zu spielen. „Na schön, wenn du mir nicht glaubst, ist der Fall hiermit erledigt." Sie wollte an Silvy vorbei zur Tür.

„Ich bitte dich, sei doch nicht sofort wieder beleidigt", schrie Silvy und vertrat ihr den Weg. „Begreifst du denn nicht, wie ungeheuerlich das ist, was du mir da erzählst?"

„Das habe ich ja schon die ganze Zeit versucht, dir klarzumachen. Aber du verstehst nichts."

„Woher haben sie die Aufgaben?"

„Ich weiß es nicht."

„Dann haben sie dir bestimmt einen Bären aufgebunden."

„Aber nein, Silvy, ich habe es doch selbst gesehen. Erinnerst du dich, wie Katrin vor ein paar Tagen in der großen Pause zum Clo gelaufen ist? Nein, daran kannst du dich bestimmt nicht erinnern, das wird dir gar nicht aufgefallen sein . . ."

„Doch, doch, ich weiß! Sie kam mit irgendwelchen Papieren zurück!"

„Das waren die Aufgaben, Silvy! Ich habe sie selbst gesehen! Es waren genau solche Kopien, wie Künzel uns immer für die Arbeiten verteilt, und ‚sechste Klasse' stand drauf und das richtige Datum. Ich würde es ja selber nicht glauben, wenn ich sie nicht mit eigenen Augen gesehen hätte."

Silvy ließ sich wieder in einen Sessel plumpsen. „Und woher will Katrin sie haben?"

„Das habe ich nicht rausbekommen. Du weißt doch, wie sie lügt. Sie behauptet, Künzel hätte sie ihr selber gegeben. Aber das ist sicher nicht wahr. Ich nehme an, daß das Konferenzzimmer zufällig offen stand und niemand drin war und daß sie hineingeschlichen ist und sich die Papiere gegrapscht hat."

„So eine Frechheit", sagte Silvy ganz erschüttert.

„Aber, wie gesagt, ich weiß es nicht", erklärte Olga, „sie behauptet steif und fest, der Künzel hätte sie ihr in die Hand gedrückt und ihr zugeflüstert: Eine kleine Hilfe für dich und deine Freundinnen! — Aber das glaube ich einfach nicht." Olga wandte Silvy den Rücken zu und trat an das kleine Fenster, damit Silvy ihr Gesicht nicht sah, denn sie konnte nur noch mit Mühe ernst bleiben. „Andererseits", sagte sie, „ist dir nicht auch schon aufgefallen, daß er ... bestimmte Mädchen in der Klasse vorzieht?"

„Ja. Das tut er. Unbedingt."

„Also wäre es vielleicht doch denkbar ..." Olga ließ den Satz unausgesprochen.

Silvy stand auf, sie war ganz benommen und schüttelte den Kopf. „Jedenfalls danke ich dir, Olga."

„Und ... was willst du jetzt tun?"

„Ich werde die Sache platzen lassen."

„Du hast Mut!" sagte Olga bewundernd.

„Ich werde zum Künzel gehen ... nein, besser noch zu Mohrchen oder zum Direx ..."

„Fabelhaft. Aber mich darfst du nicht hineinziehen, hörst du? Du hast es mir geschworen."

„Ja, ja, natürlich nicht. Aber verrate mir nur noch eines: wo hat Katrin die Aufgaben?"

„Weiß ich nicht genau. Aber inzwischen hat sie sie abgetippt. Mit Durchschlägen. Ruth und Leonore haben jede eine Kopie."

„Dann brauchte man die drei also nur einfach durchsuchen zu lassen?"

„Wenn du dir etwas davon versprichst ..."

Die beiden Mädchen sahen sich an. Dann bückte Olga sich und schloß die Tür auf.

„Vielen Dank", sagte Silvy, „für alles."

Olga zuckte die Achseln. „Man tut, was man kann." Sie ging voraus zur Haustüre und ließ Silvy hinaus.

In ihrem Zimmer holte sie sich ein Buch, kehrte auf den Balkon zurück, zog ihren Bademantel aus, legte sich gemütlich in einen Liegestuhl, blickte eine Zeitlang gedankenverloren in das Grün der Bäume, bevor sie ihr Buch aufschlug und zu lesen begann.

Frau Helwig kam heraus. „Ich dachte, du wolltest noch baden gehen?"

„Stimmt, aber ich habe es mir anders überlegt."

„Warst du nicht verabredet?"

„Doch, aber ich muß auf Silvy warten."

„Silvy?! Die war doch gerade erst da."

„Sie kommt noch einmal."

„Ach so. Dann achte, bitte, auf die Klingel. Ich gehe einkaufen, und du bist die nächste halbe Stunde allein zu Hause."

„Ich passe schon auf, Mutti. Laß, bitte, die Zwischentüren offen."

Olga hatte sich nicht verrechnet. Es dauerte kaum zehn Minuten, da klingelte es, und als sie öffnete, stand Silvy vor ihr; sie mußte unterwegs kehrtgemacht haben.

Olga tat erstaunt. „Hast du was vergessen?"

„Nein. Ich habe mir nur alles überlegt. Ich muß noch einmal mit dir sprechen."

„Wenn es denn sein muß." Olga ging voraus in ihr Zimmer.

„Es hat keinen Zweck, wenn ich Katrin und die anderen anzeige", platzte Silvy heraus, „sie werden sich doch wieder herauslügen, und der Künzel wird ihnen helfen, ob er nun mit ihnen im Komplott ist oder nicht."

„Stimmt auffallend", sagte Olga und warf sich auf ihr Bett.

„Das hast du gleich gewußt? Warum hast du mich denn nicht darauf aufmerksam gemacht?"

„Warum sollte ich? Ich bin doch schließlich nicht deine Gouvernante."

Silvy setzte sich und begann auf ihren Knöcheln zu kauen.

„Was hast du also jetzt vor?" fragte Olga. „Ich nehme an, du willst die ganze Sache fallen lassen."

Wie erwartet, kam Silvy bald noch einmal

„Nein, nein, ich habe mir etwas anderes überlegt! Paß mal auf, Olga, wenn ich auch im vorhinein die Aufgaben wüßte, dann könnte ich mich so gut wie die anderen vorbereiten ..."

„Sie lernen sie auswendig."

„Warum nicht? Das wäre das wenigste. Aber ich müßte sie haben."

Olga schwieg.

„Kannst du sie mir nicht beschaffen? Ich würde dir noch einen anderen Kaktus dafür geben ..."

„Nein, nein, wo denkst du hin! Ich bin nicht käuflich!" sagte Olga und war zum ersten Mal in ihrem Leben froh, daß sie grundlos errötete.

„Aber das ist doch ungerecht!" rief Silvy. „Wenn die anderen die Lösungen schon wissen, dann wäre es doch ganz ungerecht, wenn ich mir den Kopf zerbrechen müßte."

„Es werden schließlich noch mehr bei der Arbeit mitmachen", gab Olga zu bedenken, „dann müßte man doch auch die einweihen, und dann käme die Sache bestimmt auf ..."

„Nein, nein, das täte ich nicht", sagte Silvy hastig, „ich will die Aufgaben nur für mich haben! Ich will mit Katrin, Ruth und Leonore gleichziehen. Was die anderen machen, ist mir ganz schnuppe."

Olga war nahe daran, sie darauf aufmerksam zu machen, daß dies doch ein sehr sonderbarer Standpunkt sei, aber dann wurde ihr klar, daß sie Silvy fast da hatte, wo sie sie hatte haben wollen, und sie wartete einfach ab, wie es weitergehen würde.

„Bitte, Olga", sagte Silvy, „kannst du mir nicht die Aufgaben verschaffen?"

„Das ist ein bißchen viel verlangt."

„Aber du könntest es, wenn du nur wolltest!"

Olga tat, als müßte sie es sich gründlich überlegen.

„Denk daran, es geht um eine gute Sache!" drängte Silvy.

„Na ja", sagte Olga, „schließlich könnte ich so tun, als ob ich mich selber an der Arbeit beteiligen wollte, und Katrin um eine Kopie bitten."

Silvy sprang auf. „Wenn du das schaffst, bist du ein Engel!"

„Nur nicht übertreiben", wehrte Olga ab.

„Wann?" fragte Silvy. „Wann werde ich die Aufgaben bekommen?"

„Frühestens heute abend. Katrin ist im Neptun-Bad ..."

„Dann geh doch hin!"

„Was soll das nützen? Sie hat die Aufgaben bestimmt nicht bei sich, und meinetwegen wird sie keine Minute früher nach Hause gehen. Nein, ich fahre gegen sechs, wenn es kühler wird, zu ihr ins Hochhaus und, egal, ob ich was erreiche, ich komme von da aus schnurstracks zu dir."

„Ich werde dir Däumchen halten!" sagte Silvy.

Als sie Olga verließ, klopfte ihr Herz höher. Sie bewunderte sich selber, wegen ihrer guten Beobachtungsgabe — wie richtig hatte sie erkannt, daß mit Katrin, Leonore und Ruth etwas nicht stimmte! — und wegen ihres intelligenten Entschlusses. Es hatte gar keinen Sinn, die drei jetzt schon anzuzeigen. Wenn sie die Arbeit genauso gut schrieb wie die anderen, hatte sie ihnen den Wind aus den Segeln genommen, und danach — aber erst danach! — konnte sie die Intrige immer noch auffliegen lassen, denn dann hatte sie ja den Beweis in der Hand. Sie würde die Kopie vorzeigen können, die ihr Olga hoffentlich bringen würde und die bis aufs Haar mit der wirklichen Arbeit übereinstimmte. Dann sollten Katrin und Genossen doch mal versuchen, wie sie sich da herausreden konnten, und wenn der gute Doktor Künzel wirklich mit drin war, so würde er eben mit seinen Schützlingen zusammen hochgehen.

Silvy fühlte sich geradezu siegestrunken.

Aber je mehr Stunden vergingen, desto größer wurde ihre Nervosität. Schon war ihr Vater nach Hause gekommen, das Abendbrot war verzehrt, sie hatte ihrer Mutter beim Spülen geholfen, und immer noch ließ Olga sich nicht blicken.

Endlich, als Herr Heinze schon bei der Abendschau saß, klingelte es.

„Das ist für mich!" schrie Silvy und stürzte zur Türe.

Es war tatsächlich Olga, und am liebsten wäre sie ihr um den Hals gefallen. „Du hast doch . . .?" rief sie.

„Leise!" mahnte Olga und zog sie zu sich auf den Flur hinaus. „Es sind drei verschiedene Aufgaben-Reihen, wahrscheinlich hat Künzel vor, die Klasse in drei Gruppen zu teilen. Hier, das sind die Durchschriften, die ich von Katrin bekommen habe. Es hat etwas länger gedauert, weil ich sie mir selber noch abgeschrieben habe. Sie könnte Verdacht schöpfen, wenn ich, nach all dem Theater, das ich ihr vorgemacht habe, dann doch nicht an der Arbeit teilnehmen würde."

„Da hast du recht", pflichtete Silvy ihr bei.

„Lösungen und Zwischenlösungen stehen auch drauf", erklärte Olga, „Katrin hat sie schon ausgearbeitet. Du kannst sie ja vorsichtshalber noch einmal nachrechnen, und wenn du einen Fehler findest, sage mir, bitte, Bescheid. Ansonsten brauchst du sie nur noch auswendig zu lernen."

Silvy überflog die Bogen, von denen jeder mindestens zehn Aufgaben enthielt. „Das ist aber ein ganz schönes Stück Arbeit!" rief sie.

„Es lohnt sich", sagte Olga lächelnd, „tschau!"

„Tschau", erwiderte Silvy und kehrte, die Durchschläge in der Hand, nachdenklich in die Wohnung zurück.

Zu spät fiel ihr ein, daß sie sich eigentlich wenigstens bei Olga hätte bedanken können; sie ahnte noch nicht, wie wenig Grund sie dazu hatte.

Vier gegen eine

Am Freitag nachmittag konnte Silvy Heinze die drei Aufgabenreihen samt Zwischenlösungen und Endlösungen, die Olga ihr zugespielt hatte, auswendig von vorne nach hinten und von hinten nach vorne fehlerlos und ohne zu stocken herunterschnurren. Sie hatte wirklich daran gearbeitet, bis in die Nacht hinein, und war sich jetzt ihrer Sache sehr sicher.

Auch Katrin, Ruth und Olga, die zu den ersten gehörten, die in der Parkschule eintrudelten, trugen selbstgefällige Mienen zur Schau; sie kamen, fröhlich plaudernd und wie die meisten anderen Mädchen, ohne ihre Schultaschen an und brachten nur ihre Federmappen mit.

Es war für alle ein ungewöhnliches Gefühl, am Nachmittag zur Schule zu gehen. Das große, moderne Gebäude wirkte anders als sonst, wenn es von Schülerinnen wimmelte. Einzelheiten, die sie sonst schon gar nicht mehr sahen, weil sie so an sie gewöhnt waren, machten heute wieder Eindruck auf sie: der Springbrunnen vor dem Tor, das bunte Mosaikbild in der Eingangshalle und die großen Fenster, die hell in der Sonne blitzten.

Die weiße Fassade der Parkschule sah aus wie frisch geschrubbt; es war, als hätte sie ein freundliches und einladendes Gesicht aufgesetzt, und so fühlten sich die Schülerinnen der sechsten Klasse eher festlich erregt als bänglich, wie es sonst vor einer Klassenarbeit der Fall war. Sie stießen sich gegenseitig in die Rippen, tuschelten miteinander und kicherten, als sie die Gänge und Treppen zu ihrem Klassenzimmer hinaufliefen, und ihr Gelächter hallte in dem leeren Haus wider.

Außer ihnen war nur eine Gruppe großer Mädchen in der Nähe, die auf dem Sportplatz unter Anleitung von Fräulein Freysing Leichtathletik trainierten.

Über zwanzig Mädchen versammelten sich nach und nach im Zimmer der sechsten Klasse, aber sie setzten sich, wie auf Verabredung, nicht auf ihre Plätze, sondern harrten stehend oder sich auf den Tischen und Fensterbänken lümmelnd der Dinge, die da kommen sollten.

„Achtung!" schrie Katrin, als Dr. Künzel in Sicht kam.

Alle Mädchen sprangen auf und nahmen Haltung an.

Der Mathematiklehrer zwinkerte mit den Augen. „Rührt euch", sagte er, „so militärisch wollen wir es denn doch nicht halten. Schließlich sind wir nicht auf der Kadettenanstalt." Er legte seine Aktentasche auf den Lehrertisch und überflog mit einem Blick die versammelten Schülerinnen. „Aber, meine Damen, ich muß schon sagen, ich habe euch unterschätzt. Niemals hätte ich gerade in dieser Klasse eine solche Begeisterung für Mathematik vermutet."

Vorsichtig wurde die Tür geöffnet, und Leonore versuchte, so unauffällig wie möglich hereinzuschlüpfen; sie wirkte erschöpft, und ihr braunes, lockiges Haar war unfrisiert.

Dr. Künzel entdeckte sie doch. „Sieh an, sieh an, da kommt ja auch unsere Müllerin", sagte er, „nein, nein, du brauchst dich durchaus nicht zu entschuldigen, ich freue mich vielmehr, daß ich dich überhaupt hier begrüßen darf."

Leonore suchte den Blick Katrins, die ihr ermunternd zulächelte.

„Wohlan denn", sagte Dr. Künzel, „machen wir es also feierlich. Ich sehe, daß nur die wenigsten von euch Schulmappen mitgebracht haben. Das ist ausgezeichnet. Jeder nehme sich jetzt seinen Federhalter und bringe allen übrigen Ballast hierher nach vorne."

„Aber man braucht doch auch ein Lineal!" rief Ruth.

„Und einen Schmierzettel!" verlangte Katrin.

„Ihr Heuchlerinnen", zischte Silvy ihnen zu.

„Nichts da", sagte Dr. Künzel, „heute werden einmal alle Striche mit der Hand gezogen, und alle Nebenrechnungen müssen mir vorgelegt werden, verstanden? Es wird weder radiert noch geschmiert!"

Einige Mädchen jammerten, andere murrten unterdrückt.

„Vergeßt nicht, meine jungen Damen", sagte Dr. Künzel, „daß die meisten von euch freiwillig hierhergekommen sind, um zu versuchen, ihre Zensuren aufzupolieren. Wem meine Bedingungen also zu hart erscheinen, der kann ungehindert wieder gehen ... mit Ausnahme einiger mir ... ehem. .. besonders lieber Exemplare, deren Namen ich aus Gründen des Taktes nicht noch einmal nennen will."

Die Mädchen lachten, und keine machte Anstalten zu gehen. Dr. Künzel hatte sie ganz richtig eingeschätzt. Erschienen waren alle diejenigen, die sehr schlecht in Mathematik standen, und diejenigen, die gerne sehr gut gestanden hätten, also die besten und die schlechtesten Mathematikerinnen; das breite Mittelfeld fehlte.

„Also los, meine Damen ... wir wollen doch nicht den ganzen Nachmittag hier vertrödeln!"

Nacheinander kamen die Schülerinnen vor und stellten ihre Schultaschen neben den Lehrertisch und legten ihre übrigen Utensilien darauf.

Katrin konnte es sich natürlich nicht verkneifen, einen Spaß zu machen, sie krempelte ihre Ärmel hoch, drehte ihre Hände wie ein Zauberkünstler vor Dr. Künzel. „Meine Herrschaften, wie Sie sehen ... Sie sehen nichts! Nichts außer einem ganz harmlosen kleinen Füllhalter. Ich arbeite mit offenen Karten. Keine Tricks, kein doppelter Boden."

„Auf dich werde ich ein besonderes Auge haben, meine liebe Dame", sagte Dr. Künzel, „du setzt dich gleich hier vorne hin ... ja, in die mittlere Bank, direkt vor meine Nase. Und du, Ruth, verziehst dich, bitte, ganz nach hinten, in die rechte Ecke. So, und nun wollen wir einmal weiter sehen ..." Er verteilte die Mädchen so im Klassenzimmer, daß sie schräg hintereinander saßen und möglichst immer einen freien Platz neben sich hatten.

„Da wir nicht die doppelte Zahl Stühle zur Verfügung haben", sagte er, „läßt es sich nicht vermeiden, daß die eine oder andere von euch eine Nachbarin bekommt, aber freut euch nicht zu früh. Ich werde drei verschiedene Aufgabenreihen unter euch verteilen, so daß diesmal jede Mogelei völlig ausgeschlossen ist. Ja, Silvy, recht so, setz dich nur hier vorne hin, gleich neben Katrin!"

Er öffnete seine Mappe und nahm einen Stoß großer, vierseitiger Rechenblätter heraus. „Wir werden diese Arbeit nicht in die Klassenarbeitshefte schreiben, sondern auf diese Blätter ... Silvy, Katrin, bitte, teilt sie aus! Jede schreibt an den Kopf ihren Namen, die Klasse und das Datum ... sind wir soweit?"

„Moment, bitte, Herr Doktor", sagte Katrin, die gerade erst auf ihren Platz zurückgeschlüpft war.

Dr. Künzel wartete. „Die Aufgaben", sagte er, „verteile ich lieber selber, damit ich mich überzeuge ..." Er ließ den Satz unausgesprochen, aber ohnehin wußte jede, was er hatte sagen wollen.

Katrin begann sofort, die erste Aufgabe von dem hektografierten Blatt auf ihren DIN-A-4-Bogen zu übertragen, und auch die Federn der anderen Mädchen glitten über das Papier. Im Klassenzimmer war es ganz still. Man hörte das Summen einer Fliege und vom Sportplatz her die Zurufe der großen Mädchen.

Silvy verglich fieberhaft die erste ihrer Aufgaben mit den Zahlenkolonnen, die sie sich ins Gedächtnis geprägt hatte. Sie fand keinerlei Ähnlichkeit. Oder doch? Hier die zweite, ja, sie begann mit der gleichen Zahl wie die vierte Aufgabe aus der dritten Reihe, die Olga ihr gegeben hatte – nein, doch nicht, die Übereinstimmung war nur Zufall gewesen.

Während alle anderen schon mitten im Rechnen waren, ging Silvy mit einem Mal ein blitzhelles Licht auf; sie war hereingelegt worden!

Ihr spitzes Gesicht unter dem aschblonden Haar lief bis zu den Ohren puterrot an, als ihr diese Erkenntnis kam.

Wäre sie nun nicht Silvy gewesen, so hätte sie wahrscheinlich innerlich getobt, Rache geschworen oder sich geschämt, aber sich eins, zwei, drei daran gemacht, die vor ihr liegenden Aufgaben zu lösen und den Vorsprung der anderen – ohne hinzusehen, war ihr bewußt geworden, daß Katrin schon mit

Silvy merkte: Sie war hereingelegt worden

der zweiten Aufgabe begonnen hatte – so schnell wie möglich einzuholen. Aber Silvy war nun eben Silvy, und wenn sie etwas nicht ertragen konnte, so war es das, eine Niederlage mit Haltung einzustecken.

Sie erhob sich langsam zu ihrer vollen Größe und sagte mit einer Stimme, die das Schweigen der Klasse schneidend durchbrach: „Das ist die größte Gemeinheit, die ich je erlebt habe!"

Alle Köpfe fuhren hoch, und sämtliche Federhalter stoppten mitten im Schwung.

Dr. Künzel sah Silvy an, und weil sie so rot im Gesicht war, glaubte er allen Ernstes an einen Sonnenstich. „Ist dir nicht gut, Heinze?" fragte er. „Das kommt vom Wetter. Bitte, reg dich nicht auf! Komm, Bär, hilf mir, Silvy zu Schwabes hinunterzubringen . . ."

Katrin legte die Hand auf ihren Arm.

„Rühr mich nicht an!" schrie Silvy wild. „Als wüßte ich nicht, daß du, ausgerechnet du, hinter der ganzen Sache steckst! Niemand anders als du ist imstande, sich eine . . . eine solche Gemeinheit auszudenken."

„Sei friedlich, Silvy", sagte Katrin, „setz dich und reg dich ab. Wenn du nur mal fünf Minuten nachdenkst, wird dir klarwerden, daß das eine Sache ist, die wir unter uns ausmachen sollten."

Inzwischen hatte Dr. Künzel begriffen, daß Silvy durchaus nicht von Sinnen war, sondern daß ihr Ausbruch eine reelle Ursache haben mußte. Aber er wußte aus Erfahrung, daß es nicht sehr lohnend war, sich in die Streitereien seiner Schülerinnen einzumischen.

„Sehr richtig", sagte er, „wenn es weiter nichts ist, dann setz dich, Heinze, und halte nicht den ganzen Betrieb auf."

Katrin hatte sich schon wieder niedergelassen; sie zupfte Silvy am Kleid. „Nimm Vernunft an, Silvy!"

Aber Silvy war nicht mehr zu bremsen. „Wenn es weiter nichts ist, Herr Doktor?" rief sie. „Man hat mich reingelegt, und ich . . . ich verlange Bestrafung der Übeltäterinnen."

Dr. Künzel sah auf seine Armbanduhr. „Ach herrje", sagte er, „dann muß ich mir also wohl oder übel deine Geschichte anhören. Pause, meine Damen. Legt die Federhalter hin und hört zu. In all der Aufregung kann man ja nicht vernünftig rechnen. Also raus mit der Sprache, Heinze, aber mach es kurz."

Aber das war für Silvy gar nicht so einfach, denn sie wußte nicht, wie sie anfangen sollte, und so stotterte sie ziemlich hilflos herum, bis Olga sich meldete. Auch sie war sehr rot im Gesicht, aber zum ersten Mal in ihrem Leben machte sie sich gar nichts daraus.

„Herr Doktor", sagte sie, „darf ich es vielleicht erzählen?"

„Hast du etwa auch etwas damit zu tun?"

„Ja, eine ganze Menge. Aber ich werde es kurz machen: Wir ... das sind Katrin, Ruth, Leonore und ich ... wir haben uns über Silvy wahnsinnig geärgert, weil wir es doch nur ihr verdanken, daß wir heute hier sitzen müssen, und weil wir ihr ganzes Verhalten schauderhaft unkameradschaftlich fanden. Deshalb wollten wir ihr einen Denkzettel verpassen und haben so getan, als ob wir die Aufgaben schon im vorhinein wüßten."

„Du hast gesagt, Doktor Künzel hätte sie Katrin gegeben!" rief Silvy anklagend.

„Das ist nicht wahr", verteidigte sich Olga, „im Gegenteil, ich habe erklärt, daß ich das für ausgeschlossen halte, sondern annähme, Katrin hätte sie aus dem Konferenzzimmer stibitzt."

„Du lieber Himmel", sagte Dr. Künzel, „das eine wie das andere ist doch gleich unwahrscheinlich."

„Aber Silvy hat's geschluckt", erklärte Olga, vor Schadenfreude strahlend, „und sie war wild entschlossen, sich die gleichen Unterlagen zu beschaffen. Na, und da habe ich eben so getan, als hätte ich sie mir von Katrin erbettelt, und habe sie ihr gegeben!"

„Das ist nicht wahr!" rief Silvy. „Das ist ja eben die Gemeinheit! Sie ... Olga, Ruth, Leonore und Katrin ... sie haben die Aufgaben von vornherein gewußt ... und mir ... mir haben sie die falschen angedreht!"

Jetzt konnte sich Katrin nicht mehr zurückhalten. Sie begann zu lachen, mit zurückgeworfenem Kopf und weit aufgerissenem Mund lachte sie ihr ansteckendes Kasperle-Lachen, und die ganze Klasse und sogar Dr. Künzel lachten mit.

Silvy allein lachte nicht, sie stand da, mit Tränen in den Augen, und ihre Lippen zitterten.

Katrin tat sie plötzlich leid. „Aber Menschenskind, Silvy", schrie sie, „begreifst du denn nicht? Das Ganze war doch nur ein blöder Witz. Und du bist darauf hereingefallen. Niemand hat die Aufgaben im voraus gewußt . . . niemand! Wie konntest du denn nur so etwas glauben!?"

Es dauerte eine ganze Weile, bis das Lachen verebbte.

Dann sagte Dr. Künzel und mußte sich die Tränen mit dem Zipfel seines weißen Taschentuches aus den Augenwinkeln tupfen: „Ich muß mich doch sehr über dich wundern, Heinze."

„Weil ich mich habe anschwindeln lassen?" fragte Silvy mit erstickter Stimme. „Wenn Sie nur wüßten, wie raffiniert die das angestellt haben! Jede Einzelheit mußte ich aus ihnen herauskitzeln . . ."

„Nein, das meine ich gar nicht", sagte der Mathematiklehrer und wurde wieder ernst, „sondern wenn ich mich recht erinnere, warst du doch ein so entschiedener Gegner jeder Mogelei. Und doch hast du versucht, dir Spickzettel zu verschaffen, und wärest nicht davor zurückgeschreckt, von den auf krummen Wegen erhaltenen Kenntnissen Gebrauch zu machen."

Silvy wurde womöglich noch um einen Ton dunkler. „Ich . . . hätte es angezeigt."

„Wann? Jetzt gleich, am Anfang der Stunde? Das nehme ich dir nicht ab, denn dann hättest du dich doch eigentlich freuen müssen, daß dein schlimmer Verdacht sich als unberechtigt herausstellte."

„Also freuen, Herr Doktor", ließ Olga sich vernehmen, „ist doch ein bißchen viel verlangt. Die Ärmste hat alles in allem sechsunddreißig Differentialrechnungen mit End- und Zwischenlösungen auswendig gelernt."

Die Klasse jubelte.

„Na, dann wird sie es jetzt ja wohl prächtig können", sagte Dr. Künzel und blickte wieder auf seine Armbanduhr, „wir haben mit diesem Streich jetzt eine gute Viertelstunde verloren, aber ich bin heute gnädig gesinnt und werde erlauben, daß wir sie anhängen. Wenn du aber von mir erwartest, Heinze, daß ich jemanden bestrafe, so muß ich dich enttäuschen. Erstens habe ich keine Lust, bei euch den großen Buhmann zu spielen, und zweitens gibt es in diesem Fall nur eine einzige Schülerin, die Strafe verdient hätte, und das bist du selber. Denn du warst die einzige, die die Absicht hatte, bei dieser Arbeit zu schwindeln. Siehst du das wenigstens ein?"

Silvy saß mit hängendem Kopf da und schwieg, während die Tränen ihr über die Wangen liefen.

„Nun, das ist anscheinend zuviel verlangt", sagte der Mathematiklehrer, „aber immerhin, du hast deine Lehre erhalten und wirst bei einigem Nachdenken sicher doch noch zur Vernunft kommen."

Silvy wischte sich die Tränen ab. Sie sah, daß Katrin neben ihr eifrig schrieb und rechnete, und hörte auch, daß die anderen Schülerinnen arbeiteten. Sie biß die Zähne zusammen und versuchte, sich auf die Aufgaben zu konzentrieren.

Die anderen hatten sie hereingelegt, das stimmte, aber das war doch noch kein Grund zum Verzweifeln, versuchte sie sich selber zu überzeugen. Sie mußten ja, genau wie sie, ganz auf sich allein gestellt, die Klassenarbeit schreiben, und das würde, jedenfalls für Ruth und Leonore, ein harter Brocken werden.

Sie konnte und mußte ihnen allen beweisen, daß sie eben doch die Tüchtigste und die Beste in der Klasse war, indem sie eine Eins schrieb.

Silvy holte tief Atem. Sie rechnete und rechnete, aber sie konnte mit ihrer Blamage nicht so schnell fertig werden, und dazu tanzten die vielen Zahlengruppen, die sie auswendig gelernt hatte, ununterbrochen in ihrem Kopf herum.

Pech gehabt

Silvy wurde nicht so bald vernünftig. Sie ärgerte sich zu sehr, vor allem über ihre eigene Dummheit, und da sie das nicht einmal vor sich selber zugeben wollte, ärgerte sie sich über die anderen, über Katrin, Olga, Ruth und Leonore und nicht zu knapp auch über Dr. Künzel. Sie ärgerte sich so maßlos, daß ihr spitzes Gesicht fast grün davon wurde.

Die Freundinnen dagegen waren jetzt zur Versöhnung bereit, denn da sie ihre Rache genossen hatten, fiel es ihnen nicht schwer, großmütig zu sein.

Katrin machte einen Vorstoß. „Komm, altes Haus", sagte sie, als sie Silvy am nächsten Morgen vor der Schule begegnete, „nimm's nicht so tragisch. Du weißt doch, Spaß muß sein."

„Laß mich in Ruh!" fauchte Silvy.

„Du siehst gar nicht so aus, als ob du momentan deine Seelenruhe hättest!" stellte Katrin fest. „Wenn du deine verknautschten Züge mal zu einem Lächeln . . ."

Silvy fiel ihr ins Wort. „Ach, rutsch mir doch den Buckel runter!" zischte sie, stieß Katrin beiseite und sauste davon.

Nun hätte Katrin sie wahrscheinlich leicht einholen können, da sie schneller lief, aber sie machte keinen Versuch dazu. Silvys Ablehnung war zu deutlich gewesen.

Zwei Tage später wurde eine Deutscharbeit geschrieben. Frau Dr. Mohrmann diktierte Sätze im Imperativ, der Befehlsform, die die Schülerinnen in den Konjunktiv, die Möglichkeitsform, übertragen sollten.

Für die meisten war das nicht schwer, denn sie hatten es ja vorher durchgenommen, und Frau Dr. Mohrmann war eine so gute Lehrerin, daß man schon ein Brett vor dem Kopf haben mußte, um bei ihr nicht mitzukommen.

Nur leider hatte Leonore ein solches Brett vor dem Kopf. Ständig übermüdet und mit den Gedanken nicht bei der Sache, hatte sie im Unterricht nicht aufgepaßt und mußte sich jetzt mächtig anstrengen. Einmal schaute sie sich hilfesuchend um. Katrin fing ihren Blick auf und nickte ihr ermutigend zu.

„So, jetzt lese ich euch noch einmal alle Sätze im Imperativ vor", sagte Frau Dr. Mohrmann, „und ihr könnt vergleichen, ob ihr sie richtig umgewandelt habt!" Sie nahm ihre Notizen und las vor: „Prinz Eugen befahl den Soldaten: ‚Stürmt die Festung!' — Die Mutter rief: ‚Kommt ins Haus, Kinder!' — ‚Ich habe Hunger, gebt mir zu essen', bettelte der alte . . ."

Katrin hörte gar nicht mehr hin. Sie nutzte die Gelegenheit, rasch die Tätigkeitswörter in der verlangten Möglichkeitsform auf einen Zettel zu kritzeln: ‚sollten stürmen, sollten kommen, habe, essen geben mögen . . .' und so weiter, und ehe Frau Dr. Mohrmann noch zu Ende gekommen war, hatte sie das Papier schon zusammengekniffт und „für Leonore" darauf geschrieben. Es gelang ihr, Silvy aufmerksam zu machen, und sie warf ihr den Spickzettel über den Gang weg zu. Sie wollte damit nicht nur Leonore helfen, sie wollte auch Silvy eine Chance geben, sich wieder zu den Freundinnen zu bekennen.

Silvy fing den Zettel tatsächlich auf, und eine Sekunde lang glaubte Katrin schon, ihr Trick hätte gewirkt. Aber Silvy las nur die Anschrift, und dann, anstatt ihn Leonore weiterzureichen, ließ sie ihn einfach fallen.

In diesem Augenblick sah Frau Dr. Mohrmann auf. „Silvy", fragte sie, „was war das?"

„Ich weiß es nicht."

„Bitte, heb das Papier auf und bring es nach vorn!"

Silvy tat, was Frau Dr. Mohrmann von ihr verlangte.

Die Klassenlehrerin las die Anschrift, faltete das Papier auseinander und überflog die aufgeführten Verben. „Wer hat dir das gegeben?" fragte sie.

Katrin wollte Silvy keine Gelegenheit geben, sie anzuzeigen; sie hob den Finger. „Ich war das!"

Frau Dr. Mohrmann sah sie lange an. „So“, sagte sie dann nachdenklich, „also du, Katrin. Dann komm, bitte, heute nachmittag zu mir in meine Wohnung, sagen wir gegen fünf Uhr, wenn du deine Hausaufgaben erledigt hast. Und du auch, Silvy!“

„Ich habe doch nichts getan!“

„Hast du den Zettel etwa nicht angenommen?“

„Aber ich hatte nie vor, ihn weiterzugeben!“

„Darüber wollen wir uns heute nachmittag unterhalten. Dich erwarte ich auch, Leonore, und da wir schon einmal dabei sind ...“ Frau Dr. Mohrmann ließ ihren Blick über die Klasse gleiten. „Nein, Silvy, Leonore und Katrin, das genügt.“

In der kleinen Pause stürzte Silvy auf Katrin zu. „Das hast du mir eingebrockt!“ rief sie. „Noch ein Tadel ins Klassenbuch, und es kommt ins Zeugnis! Was, denkst du, werden meine Eltern dazu sagen?!“

„Reg dich bloß ab“, erwiderte Katrin, „es hätte doch viel schlimmer kommen können. Stell dir vor, Mohrchen hätte unsere Arbeiten für ungültig erklärt ...“

„Und außerdem“, sprang Ruth der Freundin bei, „bist du ja selber schuld, Silvy! Warum hast du den Zettel denn angenommen, wenn du ihn nicht weitergeben wolltest?!“

„Weil ich ... ich war so verblüfft und ...“

„Ach, mach uns doch nichts vor“, sagte Olga, „du hast es absichtlich gemacht, um Katrin hineinzureißen. Du hattest bloß nicht damit gerechnet, daß Mohrchen dich mit verantwortlich machen würde.“

„Vielleicht hat sie ihn ja auch aus Versehen fallen lassen“, versuchte Leonore die Streithähne zu versöhnen.

„War es so, Silvy?“ fragte Katrin, die auch längst für Frieden war.

Aber Silvy war nicht bereit, einzulenken.

„Nein“, schrie sie, „so sehe ich gerade aus, mich kriegt ihr nicht dazu, bei euren Mogeleien mitzumachen, und wenn ihr mich noch so schikaniert! Ich lasse mich nicht kleinkriegen!“

21

„Geben wir Silvy noch eine Chance!"

„Hört! Hört!" rief Olga. „Du hast wohl ganz vergessen, wie scharf du hinter den Mathe-Aufgaben her warst?"

Die anderen lachten, und Silvy, die nichts mehr haßte, als an ihren großen Reinfall erinnert zu werden, drehte ihnen brüsk den Rücken zu, ließ sich auf ihren Stuhl sinken, vergrub den Kopf zwischen den Händen und tat so, als wäre sie so versunken in ihre Vorbereitungen für die nächste Stunde – Erdkunde –, daß sie von dem, was um sie herum vorging, nichts mehr sah und nichts mehr hörte.

Trotz ihres schlechten Gewissens war es für Katrin, Leonore und Silvy doch auch recht aufregend, die Klassenlehrerin in ihrer Wohnung besuchen zu dürfen, und sie wurden von ihren Mitschülerinnen, die das natürlich nicht zugeben wollten, heiß darum beneidet.

„Oje, in eurer Haut möchte ich nicht stecken", sagte Ruth.

Und Olga: „Hui, Mohrchen wird euch die Leviten lesen!"

Aber Katrin ließ sich nicht einschüchtern. „Haltet uns Däumchen!" erwiderte sie, „wenn ihr recht brav seid, werden wir euch nachher alles haarklein erzählen!"

Leonore überlegte schon, wie sie es einrichten sollte, nach den Schulaufgaben noch die Zeit für einen Besuch bei der Lehrerin zu finden, und ob sie ihre Zwillingsbrüder überreden könnte, sich um das Abendessen zu kümmern.

Sie traf am Nachmittag als erste vor dem Mietshaus ein, in dem Frau Dr. Mohrmann wohnte, denn sie hatte es eilig, wieder fortzukommen. Aber jetzt traute sie sich plötzlich nicht zu klingeln, sondern blieb auf der Straße stehen und trat unentschlossen von einem Fuß auf den anderen. Sie war froh, als Katrin auftauchte, denn mit der Freundin zusammen war es doch gleich viel leichter.

„Wie gut, daß du da bist", sagte sie und hob die Hand zur Klingel.

„Moment!" Katrin warf einen Blick auf ihre Armbanduhr. „Es ist zwei Minuten vor . . . geben wir Silvy noch eine Chance!"

„Vielleicht ist sie schon oben!"

„Noch zwei Minuten!"

Da kam Silvy um die Ecke gesaust. Sie war erleichtert, als sie die beiden auf sich warten sah, aber natürlich wollte sie es nicht zugeben, sondern setzte sofort ihr hochnäsigstes Gesicht auf.

„Na endlich!" rief Katrin. „Können wir?"

„Von mir aus schon lange!"

Katrin klingelte an dem Namensschild ganz oben links, gleich darauf ertönte der Summer. Leonore stemmte sich gegen die Tür und stieß sie auf, und hintereinander trampelten die Mädchen die Treppen hinauf, fünf Stockwerke, bis unter das Dach.

Die Wohnungstür links stand offen, ein kleiner Junge steckte den Lockenkopf heraus und sah sie fragend an.

„Wir möchten zu Frau Dr. Mohrmann", sagte Katrin. „Mutti wartet schon."

Die drei Mädchen waren verdutzt. Nie wäre es ihnen eingefallen, daß Frau Dr. Mohrmann ein Kind haben könnte. Aber sie hatte sogar zwei. Als sie in die Diele traten, entdeckten sie noch ein kleines Mädchen, das sich hinter dem Bruder versteckt gehalten hatte.

Der Junge führte sie mit wichtiger Miene zu einer Tür, die er einen Spalt weit öffnete. „Mutti, die Mädchen sind da!"

„Nur hereinspaziert", rief Frau Dr. Mohrmann von drinnen.

Der Junge stieß die Tür jetzt vollends auf, und die Schülerinnen traten nacheinander ein und knicksten etwas befangen. Der Raum, in dem Frau Dr. Mohrmann sie empfing, war ein großes gemütliches Wohnzimmer, vor dessen schräger Wand ein kleiner Schreibtisch stand, an dem die Lehrerin Hefte korrigiert hatte. Sie bat die Mädchen, auf dem Sofa Platz zu nehmen, schob ihren kleinen Sohn zur Türe hinaus und schickte ihn in das Kinderzimmer.

„Ich wußte ja gar nicht, daß Sie verheiratet sind!" platzte Katrin heraus

Frau Dr. Mohrmann lächelte. „Habe ich euch das nie erzählt? Doch, ich bin verheiratet. Mein Mann ist Maler. Deshalb wohnen wir auch so hoch. Er hat nach Norden hinaus sein Atelier." Sie nahm in einem bequemen Sessel Platz. „Aber wir sind nicht zusammengekommen, um über mich, sondern über euch zu sprechen. Seit einiger Zeit ist ein Geist in der sechsten Klasse eingezogen, der mir gar nicht gefällt."

„Daran ist Katrin schuld", erklärte Silvy prompt, „bevor sie zu uns gekommen ist, war alles viel netter!"

Katrin zog eine Grimasse.

„Das ist doch gar nicht wahr!" rief Leonore empört.

„Auf jeden Fall, meine liebe Silvy", sagte Frau Dr. Mohrmann, „ist es immer falsch, alle Schuld bei jemand anderem zu suchen. Bist du so überzeugt, daß dein Benehmen einwandfrei war?"

„Ja! Abschreiben ist Betrug! Niemand kann mir einen Vorwurf daraus machen, daß ich bei so etwas nicht mitmache."

„Ich glaube", sagte Frau Dr. Mohrmann, „wir sollten uns zuerst einmal überlegen, wozu Klassenarbeiten und das Abfragen von Wissen in der Schule überhaupt nötig sind . . ."

„Wegen der Zensuren", sagte Silvy.

„Ja, damit gerechte Zensuren gegeben werden können", erklärte auch Leonore.

„Stimmt", sagte Frau Dr. Mohrmann, „aber das ist nicht das Wichtigste, sondern die Arbeiten und die Antworten dienen uns Lehrern zur Kontrolle darüber, wie weit jede einzelne von euch den Lehrstoff beherrscht und wie weit er auch in der ganzen Klasse aufgenommen und verarbeitet worden ist. Bevor ich mich vergewissert habe, daß die überwiegende Mehrheit von euch ein Lerngebiet beherrscht, kann ich nicht weitergehen, und wenn ich merke, daß eine einzelne Schülerin nicht mehr mitkommt, muß ich mich besonders mit ihr befassen . . . versteht ihr das?"

„Ja!" riefen alle drei.

Silvy sagte: „Aber die Zensuren sind doch auch wichtig!"

„Als Kontrolle, ja", räumte Frau Dr. Mohrmann ein, „und auch als Anfeuerung zum Lernen. Aber wenn eine Schülerin nur wegen der Noten oder nur vorwiegend wegen der Noten, lernt, so ist diese Einstellung ganz gewiß falsch."

„Siehste!" triumphierte Katrin.

„Eine gute Schülerin", ergänzte Frau Dr. Mohrmann, „sollte lernen um des Lernens willen, um ihr Wissen und ihr Weltbild zu erweitern, ihren Verstand zu üben, einen Zugang zur Wirklichkeit zu gewinnen, nicht aber um sich auszuzeichnen, und schon gar nicht, um ihre Mitschülerinnen in den Schatten zu stellen." Sie machte eine kleine Pause. „Bist du jetzt immer noch überzeugt, Silvy, daß deine Einstellung ganz richtig ist?"

„Meine Eltern freuen sich über jede gute Zensur!"

„Das glaube ich dir. Weil sie aus den guten Zensuren entnehmen, daß du in der Schule etwas leistest. Sie würden sich

Frau Dr. Mohrmann empfing die Mädchen freundlich

aber sicher nicht freuen, wenn sie wüßten, daß du dich in den Ruf einer Streberin gebracht hast."

Silvy sprang auf. „Nur weil ich gerne gute Noten habe? Und weil ich nicht abschreiben lasse? Und auch nicht vorsage? Gut, das muß ich nur wissen. Von nun an sind mir die Noten ganz egal, und ich werde dauernd abschreiben lassen und . . ."

Frau Dr. Mohrmann lachte. „Aber, Silvy, kennst du dich wirklich so schlecht? Das könntest du nicht, auch wenn du es noch so sehr wolltest. Außerdem weißt du doch genau, daß ich es so nicht gemeint habe, nicht wahr?"

„Wie denn?"

„Komm, setz dich erst mal wieder hin!" Frau Dr. Mohrmann reichte Silvy die Hand und zog sie auf das Sofa zurück. „Abschreiben und Vorsagen ist natürlich schlecht. Es ist, wie du ganz richtig vorhin sagtest, Betrug. Eine Schülerin, die sich auf diese Weise mit fremden Federn schmückt, gibt sich als etwas aus, was sie in Wirklichkeit nicht ist ... sie ist nichts anderes als eine Hochstaplerin!"

„Siehste!" sagte Silvy und streckte Katrin die Zunge heraus.

„Außerdem erschwert sie den Lehrern die unbedingt notwendige Kontrolle", fuhr Frau Dr. Mohrmann fort, „und sie stört ihre Mitschülerinnen, die sie ja von der eigenen Arbeit ablenkt."

Frau Dr. Mohrmann stand auf und holte ein Heft von ihrem Schreibtisch. „Sieh her, Katrin! Hier hast du einen Fehler gemacht, den du bestimmt gefunden hättest, wenn du, statt einen Spickzettel für Leonore zu schreiben, deine eigene Arbeit noch einmal kontrolliert hättest!"

„Tut mir leid", sagte Katrin, „aber ... da kann man nichts machen."

Silvy runzelte die Stirn. „Jetzt weiß ich überhaupt nichts mehr. Man soll nicht nur wegen der Zensuren arbeiten ... und abschreiben ist doch schlecht ..."

„Stimmt", sagte Frau Dr. Mohrmann, „das habe ich alles erklärt, und ich finde, es paßt sehr gut zusammen. Wenn man nämlich nicht nur wegen der Zensuren arbeitet, sondern um etwas zu lernen, dann weiß man auch, daß es gar nichts nutzt, sich eine gute oder auch nur passable Note zu ermogeln, wenn man in Wirklichkeit nichts kann. Wie Dummheit und Stolz wachsen auch Streben und Mogeln auf demselben Holz."

„Das ist gut", sagte Katrin, „das werde ich mir merken."

„Was tut man nun wirklich, wenn man aufgerufen wird und keine Antwort weiß?" fuhr die Lehrerin fort. „Man gibt ganz offen zu: Das habe ich nicht begriffen oder: Das habe ich nicht behalten! — Das ist ehrlich und richtig. Und versucht nur ja nicht, mir einzureden, daß man erst bei der Klassenarbeit merkt, wie wenig man kann. Man muß vorher lernen, bevor die Arbeit geschrieben wird, vorher zugeben, daß man noch nicht alles verstanden hat, vorher die Mitschülerinnen um Hilfe bitten!"

„Ganz meine Meinung“, erklärte Silvy, „aber gerade das tun ja die anderen nicht. Sie schwimmen dauernd, und dann sollen wir helfen. Katrin tut's, das ist ihre Sache, aber Sie haben selber vorhin gesagt, Frau Mohrmann, daß es nicht richtig ist, und mir geht es einfach gegen den Strich.“

„Ja, weil du dich freust, wenn die anderen nichts wissen“, rief Katrin, „damit du dein Licht um so heller leuchten lassen kannst!“

„Wenn man sich wirklich für seine Mitschülerinnen interessiert“, sagte Frau Dr. Mohrmann, „dann kommt es gar nicht soweit. Dann merkt man nämlich schon längst vorher, wo die andere Lücken hat, macht sie darauf aufmerksam und bietet ihr Hilfe an. Nicht indem man vorsagt oder abschreiben läßt, sondern indem man der Freundin schwierige Dinge erklärt und mit ihr zusammen arbeitet . . .“

„Das habe ich getan“, sagte Katrin, „und deshalb hat Ruth in der Mathe eine Eins geschrieben, nicht weil ich sie habe abschreiben lassen, wie Silvy behauptet hat!“

Frau Dr. Mohrmann lächelte ihr zu. „Das hat sich inzwischen schon herausgestellt. Herr Dr. Künzel hat mir erzählt, daß ihr beide gute Arbeiten geschrieben habt, während Silvy leider versagt hat . . . sicher nicht, weil sie eine schlechte Schülerin ist, sondern nur vor Aufregung.“

Silvy preßte die Lippen zusammen, die Tränen stiegen ihr in die Augen.

„Kränk dich nicht zu sehr“, sagte Frau Dr. Mohrmann, „jeder Mensch hat mal einen schlechten Tag, und solange man sicher ist, daß man etwas kann, ist das noch lange keine Tragödie.“

Sie wandte sich Leonore zu. „Schlechter stehen die Dinge mit dir, leider. Du warst immer eine ordentliche Schülerin. Aber du hast im letzten Halbjahr sehr, sehr nachgelassen, und das ist wirklich bedauerlich.“

„Ihre Mutter ist von der Leiter gefallen!“ erklärte Katrin.

Leonore brach in Tränen aus.

„So schlimm?“ fragte Frau Dr. Mohrmann erschrocken.

„Nein, nein“, schluchzte Leonore, „sie kommt ... in zwei Wochen ... wieder nach Hause ...“

„Aber dann ...“

„Ich bin schuld“, schluchzte Leonore, „die Leiter war kaputt ... und ich sollte sie halten, aber ich ... ich habe losgelassen ... und da ist es passiert!“

„Und das bedrückt dich so?“

Leonore gab keine Antwort. Sie konnte nur noch schluchzen, und es tat ihr unendlich wohl, sich einmal richtig auszuweinen.

„Armes Mädchen“, sagte Frau Dr. Mohrmann, „und damit hast du dich nun all die Wochen, ja, Monate, herumgequält. Warum hast du dich nicht bei jemandem ausgesprochen? Bei mir? Oder deinem Vater ... oder deiner Mutter?“

Leonore weinte weiter.

„Ich kann doch Mutti im Krankenhaus nicht aufregen. Sie macht sich schon Sorgen genug!“

„Du bist nämlich gar nicht schuld“, tröstete die Lehrerin, „wenn du sagst, daß die Leiter kaputt war, so trägst ja nicht du dafür die Verantwortung, sondern deine Mutter. Die meisten Unfälle geschehen im Haushalt und im Verkehr, wenn Geräte nicht in Ordnung sind, Leitern, die nicht mehr gebrauchsfähig sind, Apparate, die nicht funktionieren, zerschlissene elektrische Schnüre, defekte Steckdosen, Fahrradlampen, die nicht leuchten, abgefahrene Reifen ... das sind scheinbar nur Kleinigkeiten, und doch haben sie oft schwere, ja, tödliche Unfälle zur Folge. Ich glaube, wir sollten uns in einer der nächsten Stunden mit diesem Problem befassen.“

Leonore kämpfte gegen ihre Tränen. „Ist das ... Ihr Ernst?“ stammelte sie.

„Ja. Und ich bin jederzeit bereit, das deiner Mutter gegenüber zu wiederholen.“

Leonores zaghaftes Lächeln erlosch wieder. „Und ich bin doch schuld“, sagte sie, „wenn ich nicht losgelassen hätte ...“

„Ja, weißt du", sagte Frau Dr. Mohrmann, „ganz ohne Schuld ist kein menschliches Leben denkbar. Wir alle werden früher oder später und immer wieder schuldig, ob wir es nun wollen oder nicht. Wir müssen mit dieser Schuld fertig werden. Kopf hoch, Leonore! Es ist bestimmt keine Schande, wenn man einmal eine Klasse wiederholen muß."

Leonore riß die tränennassen Augen auf.

„Heißt das . . . ich werde sitzenbleiben?"

„Das kannst du dir selber nach deinen Noten im letzten halben Jahr ausrechnen, und wenn du dann noch deine sehr mangelhaften Leistungen im mündlichen Unterricht berücksichtigst . . . aber, wie gesagt, es ist keine Schande, und nächstes Jahr wirst du bestimmt wunderbar mitkommen. Und schließlich ist es doch die Hauptsache, daß deine Mutter wieder gesund wird, nicht wahr?"

Es darf getanzt werden

Als die drei Mädchen mit ziemlich gemischten Gefühlen das Haus, in dem Frau Dr. Mohrmann wohnte, verließen und auf die Straße traten, wurden sie von Ruth und Olga erwartet und neugierig begrüßt.

Katrins schwarze Augen blitzten sofort wieder unternehmungslustig auf, und sie stürzte auf die Freundinnen zu. „Wie gut, daß ihr uns abholt!"

„Ist doch Ehrensache!" rief Ruth.

Und Olga drängte:

„Los! Nun erzählt schon! Wie ist es gewesen? Was hat das Mohrchen gesagt?"

Katrin legte den Arm um Leonores Schulter. „Es ist etwas Entsetzliches passiert! Freunde, ihr werdet es nicht für möglich halten . . . es besteht die Gefahr, daß Leonore nicht versetzt wird!"

„Nein!" riefen Olga und Ruth: „Oje!"

„Jetzt fang nicht wieder an zu heulen, Leonore", sagte Katrin, „Mohrchen hat ganz recht! Natürlich ist es keine Schande, und im nächsten Jahr würdest du es dann ganz fabelhaft leicht haben. Wir sind es, die Grund zu weinen hätten. Denn was sollen wir ohne dich anfangen? Du weißt doch, wie es ist, wenn jemand in eine andere Klasse geht, dann platzt die schönste Freundschaft."

„Das darf eben nicht passieren!" erklärte Ruth.

„Steht es denn schon felsenfest?" fragte Olga.

„Bestimmt", sagte Leonore, „sonst hätte Mohrchen es doch bestimmt nicht gesagt."

„Ach was", sagte Katrin, „es sind ja noch sechs Wochen bis zu den Ferien. Wir müssen etwas unternehmen, und zwar sofort. Herrjemine, Leonore, wie ich mich ärgere, daß du nicht wenigstens mit mir und Ruthchen Mathe gebüffelt hast. Das hätte dir doch geholfen."

„Ich hatte so viel anderes zu tun."

„Das hättest du uns sagen müssen. Na, egal, jetzt hilft kein Jammern und kein Klagen, wir müssen handeln. Ich schlage vor ... bis deine Mutter aus dem Krankenhaus entlassen wird, werden wir einen Haushaltsdienst einrichten. Wir werden dir umschichtig bei der Hausarbeit helfen, so daß du Zeit zum Lernen hast. Einverstanden?"

„Ja!" sagten Ruth und Olga.

„Zwei von uns werden also immer putzen, flicken und kochen, die dritte wird mit dir pauken ... immer diejenige, die am besten in dem betreffenden Fach ist ..."

Während sie eifrig Pläne schmiedeten, entfernten die Freundinnen sich mehr und mehr. Keine kam auf den Gedanken, Silvy in die Verschwörung mit einzubeziehen, sie verabschiedeten sich nicht einmal von ihr, sondern sie benahmen sich, als wäre sie einfach Luft für sie.

Silvy spürte, daß keine Absicht dahinter steckte und daß sie sie mit diesem Benehmen auch nicht ärgern wollten, sondern daß sie sie nicht mehr als Freundin betrachteten. Sie hatten Silvy aus ihrem Kreis verstoßen — oder, war es nicht vielmehr andersherum richtig, hatte Silvy sich nicht durch ihre Haltung selber ausgeschlossen?

So weit dachte Silvy in diesem Augenblick noch nicht. Aber ein seltsames Gefühl überkam sie, eine Bangigkeit und Verlassenheit, die ihr die Kehle zuschnürte.

„Ach was", sagte sie laut, „wer nicht will, hat schon gehabt!" Sie wechselte auf die andere Straßenseite hinüber, um nur ja nicht den Eindruck zu erwecken, als liefe sie den Freundinnen nach.

Sie verbrachte eine sehr unruhige Nacht. Ihre Mutter wunderte sich, daß sie so schlecht aß, und als sie am nächsten Morgen zur Schule ging, war sie fest entschlossen, das Eis zu brechen und sich wieder mit den anderen zu versöhnen.

Aber in der ersten Stunde war Mathematik, und Dr. Künzel gab die Sonderklassenarbeiten zurück. Unter Silvys Arbeit stand die Note „ausreichend". Das war das erste „Ausreichend" in Mathematik, das sie je bekommen hatte, und sie kränkte sich so sehr, daß sie ihre guten Vorsätze vergaß und sich statt dessen vornahm, alles daran zu setzen, nur noch Einser und Zweier zu schreiben.

Leonore hatte ein Ungenügend geschrieben, aber das ließ Silvy völlig kalt, denn ihrer Meinung nach hatte Leonore nichts Besseres verdient, während sie selber das Opfer eines bösen Streiches geworden war.

Sie hätte zu gerne Krach mit Katrin, mit Olga oder mit Ruth angefangen, um ihren Ärger loszuwerden. Sie versuchte es auch, indem sie nach der Stunde zu den Freundinnen hinging und sagte: „Jetzt bildet ihr euch wohl wer weiß was ein, weil ihr ein einziges Mal im Leben besser abgeschnitten habt als ich!"

Aber die vier blickten sie nur aus großen Augen an, wandten sich ab und setzten ihr Gespräch fort, als wenn sie gar nicht vorhanden wäre.

„Einmal habt ihr mich hereingelegt", rief Silvy, „aber das wird euch nicht wieder glücken! Ich sage euch ..."

Katrin fiel ihr ins Wort.

„Halt die Klappe. Wir wollen nichts davon hören, Silvy. Merkst du denn nicht, wie unangebracht deine Stänkereien sind? Schreib ruhig weiter deine Einser, das ist uns völlig schnuppe. Uns geht es jetzt nur noch um Leonore. Aber das kannst du wohl nicht verstehen." Sie zog die Freundinnen mit sich fort.

Silvy stand wieder einmal allein da, und zu allem Überfluß stellte sie fest, daß die anderen Mitschülerinnen die kleine Szene beobachtet hatten und sie jetzt schadenfroh grinsend beobachteten.

„Du wirst denen doch nicht etwa nachlaufen?" spottete die blonde Else. „So geistig hochstehend, wie du bist, hast du es doch bestimmt nicht nötig, dich um die Gunst von gewöhnlichen Sterblichen zu bemühen."

Silvy wurde blaß und rot und kehrte verwirrt auf ihren Platz zurück.

In den letzten Wochen des Schuljahres nahm sie noch einen Anlauf und kämpfte verbissen um die besten Noten. Sie bekam sie auch, aber merkwürdig, sie erfüllten sie nicht mehr mit Stolz, denn es gab niemanden, der sie darum beneidet oder sie damit aufgezogen hätte. Die Freundinnen taten nicht nur so, sondern es war ihnen wirklich gleichgültig, ob Silvy sich auszeichnete oder nicht. Katrin, Ruth und Olga nahmen ja nicht einmal ihre eigenen Noten mehr wichtig, denn sie waren sich sicher, daß sie in die nächste Klasse aufsteigen würden, und sie hatten nur noch die eine Sorge, ob es ihnen gelingen würde, Leonore mitzuziehen. Was Silvy tat oder unterließ, ließ sie völlig kalt, sie betrachteten sie nicht mehr als eine der ihren.

Dann kam der letzte Schultag und die Verteilung der Zeugnisse. Silvy hatte mit Glanz und Gloria abgeschnitten, aber der süße Taumel des Triumphes, der sie früher beim Anblick ihrer guten Noten erfüllt hatte, blieb diesmal aus. Sie fühlte sich innerlich ganz leer und hohl.

Sie warf einen Blick zu Leonore hinüber und sah, daß ihre Augen sich mit Tränen füllten, während ihre Lippen lächelten.

„Was ist?“ fragte Silvy spontan. „Bist du versetzt?“

„Bedingt“, sagte Leonore.

„Was heißt das?“

„Ich muß Anfang des nächsten Schuljahres eine Prüfung in Englisch und Mathe ablegen. Wenn ich die bestehe, steige ich auf, sonst ...“ Leonore zuckte die Achseln.

„Verflixt!“ rief Silvy. „Dann mußt du die ganzen Ferien ochsen.“

„Nicht so schlimm“, sagte Leonore, „wenigstens habe ich eine Chance.“

Frau Dr. Mohrmann verließ das Klassenzimmer, und Katrin, Olga und Ruth stürzten sich auf Leonore, um sich ihr Zeugnis anzusehen und das Ereignis zu besprechen. Auch sie fanden, daß es viel schlimmer hätte kommen können.

Silvy fühlte sich wieder einmal ausgeschlossen. Sie steckte ihr eigenes Zeugnis ein, nach dem niemand fragte, und stand auf. „Moment mal, Silvy“, sagte Leonore, „weißt du eigentlich, daß meine Mutter wieder gesund ist? Sie hat uns erlaubt, meine Geburtstagsparty nachzuholen. Morgen nachmittag wird gefeiert. Wenn du Lust hast, kannst du kommen.“

„Ich dachte, ihr wolltet nichts mehr mit mir zu tun haben!“ entfuhr es Silvy.

„Ach was“, sagte Katrin rasch, „wir hatten bloß keine Zeit für dich.“

Sofort wandte sie sich wieder Leonore zu. „Für Bio und Erdkunde solltest du auch was tun, Leonore, damit du im nächsten Jahr eine richtige Grundlage hast und ...“

Silvy fühlte sich beiseite geschoben; sie schlenderte hinaus. Sollte sie zu Leonores Party gehen? Oder war es besser, sich ganz zurückzuziehen, wo die Freundinnen sie doch so schlecht behandelten?

Silvy focht einen schweren Kampf mit sich aus, aber dann riß sie sich zusammen. Als sie in Müllers Garten erschien — diesmal hatte das Wetter gehalten und die wiederholte Party konnte im Freien stattfinden —, waren alle Gäste schon versammelt. Bei Silvys Eintritt verstummten die Gespräche, und eine peinliche kleine Stille trat ein.

Silvy hätte sich am liebsten wieder umgedreht und wäre davongerannt.

„Hallo", sagte Olgas Bruder Ulrich in das Schweigen hinein, „da kommt ja auch unser Frischling!"

Leonore besann sich auf ihre Pflichten als Gastgeberin. „Hör endlich einmal auf damit", sagte sie streng, „ich will nicht, daß jemand hier geärgert wird." Sie trat auf Silvy zu und begrüßte sie freundlich.

„Wird jetzt endlich getanzt, oder was ist?" fragte Peter.

„Sofort", sagte Katrin, „erst müssen wir noch etwas besprechen."

Sie kletterte auf einen Stuhl und erklärte laut, als ob sie eine Rede halten wollte: „Ihr wißt ... und wer es noch nicht weiß, erfährt es jetzt ... daß unsere liebe Leonore nur bedingt versetzt worden ist, das bedeutet, daß sie in den Ferien nachholen muß, was sie im Schuljahr, übrigens nicht durch ihre Schuld, sondern durch eine Verkettung unglücklicher Umstände, versäumt hat. Wir werden also abwechselnd mit ihr arbeiten müssen, aber da wir, Olga, Ruth und ich, jede ein paar Wochen verreisen, ergibt sich leider eine Lücke vom 10. bis zum 28. August, und deshalb möchte ich die anwesenden Herren fragen ..."

Silvy fiel ihr ins Wort. „Nicht nötig!"

Katrin blickte verblüfft auf sie herunter. „Was soll das heißen, Silvy?"

„Ich habe schon mit meiner Mutter gesprochen", sagte Silvy, „ich sollte ja allein verreisen zu meiner Tante, die an der Nordsee wohnt, weil mein Vater erst im Herbst Urlaub kriegt .. na, und da haben wir diese Reise eben abgeblasen.

Ich bleibe die ganzen Ferien zu Hause und werde mich um Leonore kümmern."

Katrin sprang von ihrem Stuhl. „Na sag mal! Was ist los mit dir? Du bist doch nicht etwa krank?"

Silvy hielt ihrem Blick stand. „Nein, ich habe nur eingesehen, daß es nie soweit mit Leonore gekommen wäre, wenn ich mich freundschaftlicher verhalten hätte, und deshalb . . ."

„Oh, Silvy", rief Leonore, „das ist ganz fab von dir! Weißt du was, wir werden meine Mutter fragen, ob du nicht ein paar Wochen bei uns wohnen darfst!"

„Silvy", sagte Katrin feierlich, „ich erkenne dich nicht wieder. Hiermit nehme ich zurück, was ich jemals über dich gedacht habe."

„Das brauchst du nicht", sagte Silvy lachend und fühlte sich plötzlich so froh und frei wie nie zuvor, „ich glaube, ich war wirklich eine scheußliche Streberin. Aber man kann sich ja ändern . . . oder etwa nicht?"

„Doch, kann man, Mädchen", sagte Paul und klopfte ihr brüderlich auf den Rücken.

„Aber jetzt wollen wir endlich tanzen!" rief Peter.

Und das taten sie und waren fröhlich in dem Bewußtsein, daß die Ferien begonnen hatten, daß sie sich alle gut verstanden und daß Leonore ihre Lücken bestimmt bis zum Beginn des neuen Schuljahres aufholen würde.

Silvy aber war die glücklichste von allen, weil sie sich selber überwunden hatte.

Weitere spannende Schneider-Bücher der Autorin:

Delia, die weiße Indianerin
Ein Mädchen erlebt den Wilden Westen

Delia und der Sohn des Häuptlings
Delia findet einen Freund und Beschützer im Wilden Westen

Delia im Wilden Westen
Delia reitet in die Freiheit

Klaudia, die Flirtkanone
Klaudia genießt ihre Wirkung in der Klasse

Klaudias großer Schwarm
ist ein Stern am Schlagerhimmel

Klaudias erste Tanzstunde
Klaudia gewinnt Freunde

Michaela kommt ins Großstadt-Internat
Ein Mädchen überlistet die Internatsordnung

Michaela rettet das Klassenfest
Viel Streit um eine Hauptrolle

Michaela löst eine Verschwörung
Die Gesellschaft auf dem Dachboden

Ulrike kommt ins Internat
Ulrike, das fünfte Rad am Wagen

Ulrike, das schwarze Schaf im Internat
Überheblichkeit macht Ulrike zum Außenseiter

Schön war's im Internat, Ulrike
Trotzkopf Ulrike lernt eine Freundschaft schätzen

Ulrike Sammelband
umfaßt drei Bände über den Trotzkopf Ulrike

JULIE CAMPBELL

**Trixie Belden
und das Geheimnis
im Wald**

Sie hat nicht mehr viel Zeit. Wenn die Sonne hinter den Baumwipfeln verschwindet, ist es stockdunkel, und sie wird nichts mehr sehen können. Da fällt ihr plötzlich ein, daß sie ihre Taschenlampe zu Haus vergessen hat.
Wieder einmal stolpert Trixie in ein neues Abenteuer.

Schneider-Buch